畫龍逐鹿

止微室談詩

秀實 著

【序】
孤寂貓秀實詩話
——《畫龍逐鹿——止微室談詩》序

黃維樑

最近這幾個月，秀實的書寫又累積多了，其兄欣榮教授更翻譯其詩篇。譯事完成，他編好了中英對照的集子，在高雄拜訪一位88高齡的前輩。前輩題了字，把集子印得淡雅精緻。為集子開了個發布會，群賢畢至。之後皆友枉駕來訪，與我晤談，並送來一本評論集書稿。他的一個個作為，寫作的、編輯的、出版的、發布的、朗誦的、談說的、評論的、交遊的，都是詩。從2016過渡到2017，從丙辛過渡到丁酉，秀實都屬於詩；從1996過渡到1997也都屬於詩。數十年來每一年過渡到下一年，以至每一地轉移到另一地，比方說從香港到深圳又到珠海又到澳門，或者到廣州到南京到臺北以至到海南的天涯海角，秀實也都屬於詩。上述的種種活動之外，還有一項：領受詩獎。他與詩為友，與詩友為詩，他活動、活躍於詩。詩學有「純詩」（pure poetry）一詞，我很想引申之，把秀實稱為「純詩人」（pure poet）。金無足金，人無純人；我仿照金的純度，或可稱他為「999純詩人」。

秀實是個美名。草木之花曰秀，花的色，人的色，秀色可餐，「蘭有秀兮菊有芳」；春華秋實，有秀且有實，碩果累累。他數十年來已出版了多本詩集、散文集、小說集、評論集，還編輯詩刊和詩選。秀實兄本名梁新榮，「新榮」原來已嘉好，「秀實」這個筆名取得實在優秀。秀實還可以說是詩歌藝術的代名詞。詩歌是形象的思維，強調具體的、形象性語言的運用，所謂用concrete language。秀這個字可用作名詞：《楚辭‧山鬼》有「采三秀兮於山間」之句；可用作動詞：《廣雅》曰「秀，出也」；如今秀字更是英文show的音譯，好像「秀恩愛」、「秀學問」之類；還可用作形容詞，如秀麗、秀雅、秀才。在各種文類中，詩最重視語言的精煉；以少言多，一語多義，或謂plurisignation，正是詩的藝術。秀哉，藝也。

秀實的詩常常寫孤寂情懷，1月22日發布會那本中英對照的集子，書名正是《與貓一樣的孤寂》。時時處處活躍於詩的秀實，卻常寫孤寂，真是一大反諷。難道孤寂的貓只是他的一個「藝術人格面具」（persona）？這裡且不作答，先看看他在《畫龍逐鹿——止微室談詩》怎樣談詩。

此書分為「臺灣篇」、「大陸篇」、「新加坡篇」和「雙城詩選序與跋」四個部分。秀實所談的詩人，僅是前三部分，就最少有十七位；根據我帶猜測的數算，這些詩人老中青都有。談及的詩，以情詩最多；這四部分的題目中有「愛情」二字的就有兩篇：〈淺說萊耳的愛情詩〉、〈讀昕余愛情詩〉。秀實善於擬訂題目，使其字句形象化，如〈不沉的舴艋舟〉、〈流水線上的詩意〉、〈行走並刻意孤獨者〉、〈把時間看成一個句號〉、〈螢火蟲的亮點〉、〈風過松濤與麥浪〉、〈顛倒雙城〉等。各篇詩話的內容和寫法，則是不拘一格了。秀實喜歡摘句，「臺灣篇」的首篇，他摘方思的句子，就摘得不亦樂乎。摘而後評，有時點到即止，有古代很多詩話的遺風。「臺灣篇」的次篇談鄭愁予的〈雨巷〉，指出此詩主題的複義性，則剖析較為細緻，和他的「止微」室名相應。

新詩（也可稱為現代詩），不像傳統詩詞的講究平仄、押韻、句式等格律。秀實講詩，又不必像某些大學教師那樣操持一套現代術語，用新批評或後現代之類理論來解析。秀實畢業於臺灣大學中文系，中國文學根底扎實，加上數十年來讀書無數卷，包括古今西洋文學著述，是以下筆為文，有學問，加上有性情，或率意為之，或謹慎為之，語言靈活，談詩遂談出很多意趣。現在人們常說「現代詩的作者，多於其讀者」，這話誇張得真實。秀實是個好讀者，言談褒貶之間，多樂道人善。我下面只舉〈淺說萊耳的愛情詩〉

一文為例。

秀實引萊耳的一首詩，說「極少新詩帶給我如此強烈的震撼」，說「萊耳擁有迷人的慵懶，這種慵懶使得她的詩有著獨特的風格」。舉另一首詩，說「詩人在病中懷念她的舊情，淒美無比」；其「第三、四節真好到不得了」。就秀實所引的詩句「梅花回望／一隻鳥擦過另一隻鳥／／然後就碰到山後的流雲，梅花／就碰到一生的墓碑」來看，萊耳這裡確然意象精準而情景淒美。秀實又寫道：「萊耳有一首短詩叫〈寶貝靜物〉，那種筆法叫愛詩的人沒法不陶醉的。」這些語句使人聯想到印象式的簡括批評。

再引這篇詩話的一個片段如下：「在上下班的地鐵列車廂裡，拿著她的一束詩稿來細讀，我寫詩評，也總愛挑剔別人的詩作，並常暗自為自己的作品傲慢起來，但翻來覆去，竟尋不出萊耳詩作的敗筆。」讀這段話，我的心得有三：秀實樂道人善，正如上面已說過的；在香港經常十分擁擠的地鐵裡仍然讀詩，秀實真是愛惜詩友的心血結晶；「傲慢」一詞顯示秀實對其作品的自信。

秀實是應該自信的。1月22日的發布會上，我應邀致辭，稱述秀實的作品。他的〈聽任賢齊〉一詩有以下的片段：

我仍是一個漂流的詩人而妳成了一頭
棕灰色的卷耳花貓躺在我的懷裡避風雨

……

整個房間如漂流著的盒子給風吹蕩

把你的相片輕輕的柔柔的，放進碎紙機裡

一切便化成一縷縷的曇花瓣，昔日的繁華無由再續

我把燈熄滅，曇花隨黑夜凋零

整個城市更遙遠了，貶謫了的詩人在孤寂的地下鐵道

聽著MP3裡暗暗流動的歌聲

片段中異常淒美的動作，是「把你的相片輕輕的柔柔的，放進碎紙機裡」。這裡的毀滅是輕柔的，跟著是美麗的，因為「碎紙」有了「曇花」的變形記（metamorphosis）。曇花是詩中美麗的「妳」的象徵；俄而「曇花隨黑夜凋零」，這個美麗這段情緣在矛盾跌宕中歸於寂滅。秀實靈巧經營神思，「設情以位體」（《文心雕龍》語），滿有曇花和櫻花一類的情結。他詩作裡面持續出現的意象（所謂recurring imagery）和氣氛，如「漂流的詩人」、「孤寂」和「貓」，就在這片段中亮相。

不再引彌漫的「孤寂」，引常在的「貓」：上述之外，還有「覆亡如一頭光滑的野貓壓在我的身上」（〈昭陽殿記事〉）；「和著一頭花貓，立了一個夜晚」（〈地方誌〉）；如此等等。讀秀實的詩和詩話愈多，我愈有為他添個雅稱的衝動。這個雅稱可說

是我取的，也可以說是他自取的，即「孤寂貓秀實」。他的最新集子，如上面所說，就題為《與貓一樣的孤寂》。古代英國有國王號稱「獅心王李察」（Richard the Lion Heart）。我國宋代有詩人梅堯臣號稱「梅河豚」，清代有詩人祈珊洲號稱「祈魚蝦」；還有詩人「賀梅子」、「吳好山」、「王黃葉」以至「山抹微雲秦學士」，皆因為其詩篇中有「魚蝦」、「黃葉」之類雋句而為時人所傳誦。

至於「孤寂」，這是人之為人常有的心理狀態。幽怨如李清照感到孤寂，豪放如蘇東坡感到孤寂，南美洲的一個族群甚至有「百年孤寂」。英國的文學批評家瑞查茲（I.A. Richards）認為文學所寫的人生，離不開五種悲情，排第一的就是「人的孤寂」（man's loneliness）。時時有詩之情、處處有詩之事的秀實，常常有孤寂之感，這是真實的？是「藝術人格面具化」的敘述？88高齡的詩翁余光中，為秀實中英對照詩集題詞曰「孤寂如貓，熱烈如詩歌」，窺探深切啊，把矛盾統一起來了。

剛才我提到「吳好山」，這是清代袁子才《隨園詩話》所說詩人吳修齡獲贈的嘉名。我想到才子袁子才和他的眾多女弟子，更因此想到秀實和他的女弟子。秀實的女弟子或者說女詩友，其人數多寡我不得而知。他有女弟子或者說女詩友，秀雅大方，卻是我親睹且喜見的。然而，在兩性交往方面，看來溫文多情的秀實，卻有這樣的自述：「其實我是粗魯嗜血、不解柔情的。」（見其評論集

《文本透視》的序言）這是孤寂和熱烈之外的另一個矛盾了。我還發現另一個矛盾：時時寫新詩、處處讀新詩的秀實，其2006年出版的詩集《昭陽殿記事》自序卻這樣「反口」：「這幾年我……幾乎已經完全不讀新詩了。」（人寫新詩而不讀新詩，這現象似乎有相當的普遍性，甚可議論，此處且按下不表。）

陶淵明愛讀書而不求甚解，我讀秀實的詩（包括其神祕隱約的〈昭陽殿記事〉等詩），讀秀實其人，也應該不求甚解。詩本來就有李義山詩那樣迷離彷彿糾纏複雜解索唯艱的，對秀實其詩其人，也可作如是觀。我讀秀實的詩，往往有怦然心動之時，有摘其佳句佳篇而藏之之時，畢竟不夠全面；我認識秀實雖然很多年，畢竟不夠深刻。

常聽人說貓有九條命。九是一個神祕的數字；貓有強韌的生命力，而且總被神祕和魔法似的氣氛所籠罩。九條命的神話性說法就是這樣來的吧。秀實這一隻「詩貓」大概也有九條命。余光中有散文題為〈假如我有九條命〉，說他果真有的話，其中有一條「應該完全用來寫作」，包括寫詩。秀實這隻貓，在我看來，其九條命完全用來為詩效力盡忠。他寫作的、編輯的、出版的、發布的、朗誦的、談說的、評論的、交遊的，都是詩，一共八條命了；餘下一條，可用來做藝術面具和真實人生的矛盾統一。我為這本《畫龍逐鹿——止微室談詩》寫序，深感榮幸，想到秀實的寫詩和談詩，本為一體，所以對他的詩和詩話，也一體而解說之。是謂九命貓也是「孤寂貓秀實詩話」。

2017年4月24日　世界閱讀日

目次

【新加坡篇】

【雙城詩選序與跋】

【臺灣篇】

新加坡詩人舒然作品

不沉的舴艋舟
——談方思的詩

方思，一個較為人們忽略的台灣詩人。1972年台灣《中國現代文學大系》收入他的詩作九首，並附有簡介一則，說，「本名黃時樞，湖南長沙人，1925年生。曾為現代派同仁，現寄居美國。出版詩集有《時間》、《夜》、《豎琴和長笛》。譯詩有里爾克《時間的書》。」洪範文學叢書將方思的三種詩作合刊為《方思詩集》，80年出版。成為方思數十年以來詩作的定本。

方思的詩，對台灣五、六十年代的現代詩壇影響殊大。《時間》1953.6出版，《夜》1955.4出版，《豎琴和長笛》1958.10出版。詩集《夜》的「後記」寫於同年一月，裡面談及了幾個有關新詩的問題，如文字及內容上的歐化、明朗和晦澀、難讀與難解等等的問題。他的看法，竟為六、七十年代詩人所承襲。像「我作種種實驗，試圖千錘百煉我國文字，使柔韌如鋼，如繞指柔。」這段文字，後來余光中便引用了。《夜》的「後記」，是新詩評論文字中少見的佳構。而方思，確是一位思想冷靜，明澄自覺的「先知型」詩人！

方思的詩，用他自己的話說，就是寫出他自己「真正的聲音」genuine voice，「不是模擬，亦非回聲」。換句話說，詩人是用自己的文字寫出自己的真正感受。無論曲調如何，在深夜的時間裡，豎琴和長笛所彈奏所吹出來的，都是他自己真正的聲音。

聲音像落葉，安臥在林間空地
為午寐的愛情，又為愛情的暖床
秋季，半於色澤的富於風姿的日子
輕輕地纖巧地將紅葉挑起
像微波地飛揚，又安穩地落下
騎著小羊，頑皮的童子踴躍而來

這是〈豎琴和長笛〉一詩裡其中的一段。此詩八節，是一首長達208行的長篇巨構！詩人寫他對理想愛情的嚮往，和對美滿婚姻的期待。

是別庄，柔美的少女在彈琴，長長的琴
長長的波浪，一層層來，去，又來

笑貌、語音、長髮、情誼，都在回響
帶著海浪拍岸的聲息，回響，回響

又：

世界似破碎了的心
多疑，恐懼，不安的
切需一個美滿的婚姻
愉快的，幸福的

豎琴，是少女的豎琴；長笛，是自己的長笛：

笛韻吹遍天涯
潮水湧自四方
童年的小手招喚我們
唱一個，說鳳陽，道鳳陽

方思的詩，絕大部分文字淺白，但意味深長。同是寫情，比諸同是五十年代的鄭愁予，風格截然有異。愁予濃郁難忘，方思清純淡遠。楊牧說：「愁予的詩是最難英譯的」。相反，方思的詩易於翻譯。《時間》一集所收，最具這種文純意幽的風格。像〈給一個鄉下女孩子〉的首段：

> 堤岸上不知名的白花
> 流向不知何處的水
> 你採摘不知功用的禾草
> 你在工作
> 而你不懂甚麼是生活
> 生活於你沒有意義

就算用上比喻，也是淺白而具有深意的。〈禁閉〉全詩，都是一個極為出色的比喻。

> 你的渴望禁閉在你豐滿的肉體裡
> 像盛結橘子的樹枝低低頭垂
> 每一果實都想脫落
> 春來即又茁長——啊，我悄悄步入
> 一個花園四季常綠，馥郁迷香
> 精神向外擴展而又將自己反鎖

在禁制的地域，多雨多雲

啊，振撲著希冀的雙翅，你恆向上

方思寫愛抒情，不激越，不嬌飾，澎湃豐足而透露出一種融和諧好的感覺，更兼時時具有哲思。這種情哲兼備的詩篇，淡如甘流，又澄明似冷月。譬若〈影子〉中這幾句：

我願你亦告訴我究竟我是誰

那時你偷偷的望著我呢

我站在黑暗裡凝望星星

所謂情長意深，真使人百讀不厭！此幾句，最易令人聯想及名詩人卞之琳傳誦不竭的名作〈斷章〉：

你站在橋上看風景，

看風景的人在橋上看你。

明月裝飾了你的窗子，

你裝飾了別人的夢。

兩相比較，真有異曲同工之妙。

論者以為《時間》之後，方思的詩多長行長句，節奏感更強。這在他其後的兩本詩集中表露無遺。這種如節拍般的單句長行或多句長行，時時可見。如：

> 音樂的輪廓分明確定得像古典的大理石雕刻（19字）
>
> ——〈百葉窗〉

> 就像掩映著剪碎碧空的鳳凰木的池，止水不波，陰影卻光可鑑人（26字）
>
> ——〈夜〉

> 在靜靜的夜心，我只聽到你的聲音，啊，我欲推窗出去，去到你的胸懷，我的內心（31字）
>
> ——〈林〉

又像〈棲留〉一詩，幾乎所有的詩行都超過20字。同一情形，在〈生長〉、〈海特爾堡〉、〈石柱〉……各詩中也可窺見一斑。另一方面，其詩句更趨向散文化。有時，更會有散文形式的分段體出現，譬如〈等待〉，便是個很好的例子。

在《時間》的自序裡，方思說，「只是想到這小集子，這樣的薄，這樣的貧乏，就這樣的推出去航時間的大海了，不免有些惶恐。」但我們審視了方思的三本詩冊，深覺鎮定而不慌亂，平淡而有真味，滿溢摯情，充塞溫馨。然則，詩人所推出去航行的，就是三隻不沉的「舴艋舟」了！

歷史茫茫，詩海茫茫。今夜，我們仍可看到這幾隻小船如三十多年前一樣，航行在無盡的未來裡。

鄭愁予〈水巷〉兩解

〈水巷〉一解

〈水巷〉是旅美詩人鄭愁予於1955年的作品，收入《鄭愁予詩選集》中（台北：志文出版社，1978年）。

〈水巷〉是一篇抒情小品，僅有兩節十行。抄錄如後：

四圍的青山太高了，顯得晴空
如一描藍的窗……
我們常常拉上雲的窗帷
那是陰了，而且飄著雨的流蘇

我原是愛聽罄聲與鐸聲的
今卻為你憾憾於小院的陰晴

算了吧

管他一世的緣分是否相植於千年慧根

誰讓你我相逢

且相逢於這小小的水巷如兩條魚

依據時間的先後來看，詩的後段應置於前面。則是說，詩人運用了倒敘的手法來處理——先談今日一起的生活，再憶述當日水巷中的相逢。

前節四行，詩人以景物的描寫來反映現時那種相廝守無紛爭的平和生活。詩裡的「我們」，生活在四週都是高高的青山包圍當中，於是看晴空，就覺得它如一雙描藍了的窗。但常時，天空陰霾，下著雨點，這種情景，則如同窗子拉上了雲的帷帘；而雨絲，則是窗帘的流蘇，至此，我們不能不對這些巧妙的設喻，感到讚嘆和折服了。這裡最堪注意的是第三行。雨和晴，本是大自然的變化，飄移不定，更不會從人所願。但「我們」卻可以晴時要雨——「我們常常拉上雲的窗帷」。那不是暗寓天氣的變化絲毫不足影響心境的悲喜？這是一種與自然相融、與生機互契的思想修為，也是兩個相交的心靈能夠自圓滿自豐足的無瑕調和。那麼風颳起，雨飄下，都是「我們」所願望而能達致的了。這種二人世界的生活，無憂無慮，平和有味，淡然真切，令人為之嚮往。

「我」於是想起這段緣分的開始。詩也折入後節。想及當初，我是一個出塵的男子，不思舊情，不牽俗緣，但卻因妳的出現而心有慼慼然。石罄和銅鐸，都是寺廟內的樂器，聽了使人念靜思止。妳的來臨，卻使我感念萬千。從此記掛著約會和陰晴。命既如斯，只能如此。「緣」使我們廝守一生，怎管「因」是千年前所植的慧根？我是慶幸萬分的了。那次無意在水巷中的相逢（水巷，一條下著雨的江南小巷），如魚兒般滑溜而過的相逢，卻帶來美滿如斯的結局，叫人對生命有著意外的喜悅。詩的情節起伏不大，但情真意切，使人動容。

〈水巷〉是一首波瀾不驚而韻味悠長的小調。

〈水巷〉再解

上面對〈水巷〉的分析，只是一種言之成理的解讀。讀者當然可以不接受這種演繹，而有自己的另一種理解。詩是應該可以擁有多種不同的解釋，以豐富藝術作品的內容，又滿足不同讀者的需求。許多時，詩人原先的意思反而並不是最好的。讀者如能深入詩中去，探求情味哲理，往往大有所獲。以四行小詩〈斷章〉為例，原作者卞之琳站出來說，此詩主要在談世界上「相對」的關係，但我以為反不及許多讀者剖析此詩的看法。當中有人言情，有人說理，有人以為詩眼在「裝飾」二字，更有人拈出「距離的組織」為文。紛紛紜紜，莫衷一是。卞之琳的說法，也只成了其中一種解讀而已。有關這點，可參看江弱水編《斷章取義》（合肥：安徽教育出版社，1999年）一書。

〈水巷〉是鄭愁予早期作品，寫於1955年。同年期他的其他作品有〈雪線〉、〈度牒〉、〈末題〉、〈編秋草〉等幾首。數量較諸前後幾年，大有不如。我以為這時期的愁予，詩作蘊含了頗多思鄉懷人的濃情，且有一特定的時空和對象。只是詩人不作明言，我們也就無從得知。

愁予1950年渡台，遊子情牽，行者望鄉，乃是人之常情。就以同年期的〈編秋草〉為例，詩句便有：

而我透明板下的，卻是你畫的北方
那兒大地的粗糙在這裡壓平
風沙與理想都變得細膩

每想起，如同成群奔馳的牧馬——
麥子熟了，熟在九月牧人的
風的鞭子下

因編秋草的飾物擺設，而思念起大陸北方。此外，更多是懷念江南之作，這裡茲不列舉。

水巷，應是江南某水鄉中的一條青石小巷。詩人的一段舊情就是開始於這條水巷中。首節四行，設喻狀景，相當精彩。晴空如描藍的窗子，但我們約會時，總遇上陰天。窗如拉上雲的帷帘，且飄下流蘇般的雨絲但我們並不介意。回憶中，這都是江南春雨的風味，所謂「霪雨霏霏」也。

折入後節。寫當初的相逢。我本是飽歷情傷而遁入寺廟，求凡愛靜的漢子，對情緣絕望，而現在卻因妳而憂慼天氣的陰晴，也即憂慼於妳的一切。這就是命中注定的了。詩句「算了吧」，有「安然接受命運擺布」的意思。情本難明，緣是天機，所以詩人說，「管他一世的緣分是否相植於千年慧根」，那次在狹窄的水巷裡，我們撐著油紙傘，迎面相逢，只一個照面，如兩尾魚的擦身而過，料不到竟種下廝守一世的種籽，現在我只忙於測度天時，盤算生活，任罄聲與鐸聲回蕩於山間。

全詩意蘊浪漫撩人，洋溢愛情的幸福。這種懷舊的情詩小調，捨愁予不作他人想。

從畫龍到逐鹿
——葉莎詩歌的語言與技法

一

葉莎詩歌的語言與我的大相逕庭。我一直書寫著「以繁複的句子表達繁複的世相」的詩歌。並於一五年成立了「婕詩派」。葉莎則一直寫著那些簡短的句子，以跳躍靈巧的風格觸動著廣大的讀者。

近日讀亨利・拉西莫夫的《親愛的普魯斯特今夜將要離開》，普魯斯特在一封信中，這樣的寫道：「你（按：指讓・科克托）喜歡用令人眼花撩亂的象徵表現最高級別的真實，象徵包含了一切。」[1]這句話的意思是，繁複的象徵語才書寫出最真實來。這裡

---

[1] 《親愛的普魯斯特今夜將要離開》，亨利・拉西莫夫著，陸茉妍、余小山譯。成都：四川文藝出版社。2017，頁36注釋2。

談的雖然是小說，但我認為挪移於詩，也更適宜。應對這個滿佈虛假與混雜的世相，詩人筆下的繁複句子實有其必然。

而我必得解讀葉莎應對「世相」的方法。她的句子，簡單剴切。可用競技場上的「一矢中的」來形容。葉莎這本詩冊《陌鹿相逢》，映進我眼簾深處的作品是〈雨夜訣別〉。詩寫為亡夫更衣。此詩終必成為葉莎的代表作之一。詩句簡短，最長不過十二字，「彷彿生前穿越一個尋常巷子」。不論長短，詩歌看重的應是文字的力量。而嬌美柔弱的葉莎擁有這種力量。

為亡夫更衣
拔去點滴剝掉膠帶痕跡
讓瘦瘦的手臂伸進來
過大的袖子穿過去

四行明瞭易懂，簡單不過，但在詩人的巧妙鋪排下，每個鉛字都含有極大的重量。其悲愴若此，令人不忍卒讀。第二節非但波瀾不驚，更築構起一幅美好畫圖。大悲無淚，狂歌當哭的摯情深意，便即這般，令人折服。這個「笑」字，沉重如鉛似鐵，以致拈不起來，錐於胸臆。

你依然安靜

彷彿生前穿越一個尋常巷子

風從另一端撲過來

彼此聞到某種花香吧

會意的淡淡笑著

第三節我只談兩行，「起點時未知／終點時茫然」。那是葉莎的思維路數，明顯與我有異。這裡可以看到思維的方式對詩歌形式措置的影響，而形式的措置又是如何影響內容。

葉莎式的	秀實式的
1. 起點時未知 2. 終點時茫然	1. 起點未知，終點茫然

起點與終點是人的一生，葉莎以兩詩行概括，並強調生命的「時間」與「結果」。這是詩人面對亡夫時的思維感悟。偏重於理與哲。接著的後二行「而一路晴雨不定的天氣／誰也記不清楚」，可作佐證。所以有此二行式。我則在書寫時，注重悼亡之情。起點未知，即不想過去，終點茫然，即偏執當下。其情緒混為一體，故以一行處理。語言相同而形式有異，便引致內容指涉的差別。新詩

雖無定法，但其巧妙處，往往在於一字之取捨，或跨行之處置，優秀的詩人都瞭然心中。葉莎當不例外。

末節更短，是一種咽哽式的淒楚。也有「語言無言」的意思。這是語言學上的一種悖論，意指最真確的語言其實並不存在，而語言愈少其意愈真。這與我繁複句子的主張恰好相反。我提倡繁複句子當中一個理由是，未穿越繁複的簡單語言是假象的陳述。葉莎在書寫時感到一種「述說」上的危機，她深知語言的局限，不足以述說其對亡夫的感情，於焉，她回歸到最簡單的對大自然的描述，僅僅一個詞：雨。這個雨字，本身為慣常的生活用語，但置放在這般有機的語境裡，便即詩歌語言。那是一個很精采的例子，去闡釋何謂詩歌語言。

唯我深記
選擇在夜裡訣別的亡靈
屬雨

我通過個人的創作經驗，與葉莎的詩歌語言作出對比。其情況一如上述。特別要指出來的是，詩歌語言即詩人的個性，詩歌的風格，並不可能是一種相同的路數，但無論是何種路數，都決不能停留於「對信息的準確傳達」上。法國保羅・瓦萊里Paul Valéry說：

「詩意味著決定改變語言的功能」，[2]大陸詩人于堅說：「詩歌語言是對理解力的直接對抗」。[3]詩歌語言不在於讓人理解，而在於讓詩人自己理解。每個詩人都應在寫作過程中，尋找到一種專屬個人的「述說方式」。而這種述說，應與物象或心象盡可能的保持零距離。

二

「畫龍」中的「龍」字，相類於與劉勰《文心雕龍》中的「龍」字。其意為「雕章琢句」，泛指詞句的修飾，則古人所謂的「瀚藻」也。[4]畫龍形容創作，乃指寫作猶如繪畫一條龍，既有見首不見其尾的巧妙結構，也有精緻細微的龍紋雕飾。葉莎筆下的詩，同樣具有巧妙的結構與精緻的修辭。其藝術價值極為可觀。

---

[2] （法）瓦萊里著，段映紅譯，《文藝雜談》，天津：百花文藝出版社，2002，頁336。

[3] 見《第三說》總第八期，第三說詩群編選，中國漳州民間刊物，2016，燕窩〈詩與理解力為敵之辨析〉，頁78-82。

[4] 劉勰在《文心雕龍·序志》中說：「夫文心者，言為文之用心也。昔涓子《琴心》，王孫《巧心》，心哉美矣，故用之焉。古來文章，以雕縟成體，豈取騶奭之群言雕龍也？」

與詩集同名詩〈陌鹿相逢〉是一首散文詩。散文詩與詩句散文化的新詩是兩回事。西洋詩歌裡有「具象詩」concrete poetry，指詩作透過文字排列出具體圖形，以呈現背後的意義。[5]可見具像詩是可以從外表形式來區分的。同理，散文詩與分行詩的區分，首先也得由形式上看。所以我認為散文詩人首先得有形式上的堅持：（A）分段，與分行白話詩區別，（B）段落首行不必留兩個字空位，與散文區別。葉莎這首散文詩，堪稱當中絕品。

> 牠張開兩耳靜聽世界運行，然後站起來奮戰，再也顧不了影子凌亂；最後別過頭等
> 待夕陽下山，從此不再提勝利或悲傷！
> 隔了這麼多年，你突然問我過得如何？
> 只能說：大抵像一隻鹿那樣。

葉莎深諳散文詩創作的竅門。首先在形式上的堅持。但文學體裁不能單從形式上看，必得有其藝術特質。散文詩的藝術特質與白話詩相同，在「語言」上。有兩點，則意象語與板塊結構。〈陌鹿相逢〉符合散文詩語言上的這兩個要求。詩裡的「鹿」是意象語，

---

[5] 見《西洋文學術語手冊》，張錯著。臺北：書林出版社，2005.10，頁63。

其不指實際意義上的「鹿」，至為明顯。詩有二板塊，則第一節寫鹿與第二和三節寫人的話語。這種板塊結構與散文具脈絡的上文下理的線性結構並不相同。學界對散文詩的理論建構仍未見一致，兩岸學者對散文詩的認知差別是存在的。引用散文詩意義上的詮釋，並不容易。但其共通點是「語境」context的營造。所謂「語境」指「語言規則、作者與和讀者的背景，以及任何其他能想像得出的相關的東西。」[6]換句話說，文本的語境可因各種不同因素的變改而導致不同的解讀。〈陌鹿相逢〉因為詩人語言規則相對的成熟，形成讀者相對穩定的解讀，這是詩人語言上的功底所在。這也是葉莎作品，其藝術水平相對穩定的原因。

茲再援引一詩說明其畫龍技法。〈睡蓮〉兩節十行。如此述說：

我醒了，在鬼月
驚覺漂浮是流水的慈悲
彷彿千萬雙透明的手連結
將跌落的樹影扶起來
順勢將我的執念推遠

---

[6] 見《文學理論入門》，（美）卡勒Culler J著，李平譯，南京：譯林出版社，2008.1，頁70。

我醒了，在鬼月

午間開放自在，晚間閉合想念

你所看見的綠葉

是沉默的日子堆疊

沒有笑也沒有淚

詠物詩始於物象而終於物外。此詩高明處在，繞過物象而聚焦物外。兩節均以「我醒了」起筆，表明睡蓮七月盛開時。兩節分別寫不同的境界。前節「執念」，後節「無念」。前節「漂浮」，後節「幽居」。第二行「驚覺漂浮是流水的慈悲」與第九行「是沉默的日子堆疊」，當是詩人自喻。

葉莎詩作，首尾相連，並有雲霞相隨，盡現神采。〈憶冬日看雪〉精妙之極，則因其有「雲霞」故。這是葉莎「畫龍」技法。若吹散雲霞，拆解如後。與原作（見詩集《陌鹿相逢》）比較，則可知寫詩之奧妙，葉莎已瞭然於心。

這是何等難解的山丘

只一片巨大的冷和白

而我是有罪的人

渴望奔向自由的山崗

是誰剪去長髮和頭顱

從此不要思想不要風

我的眼裡浮泛著昨日種種

直到黑夜來覆蓋

〈但願人長久〉與〈塵與塵〉兩首詩都寫到死亡。前者為十行短章，尋章摘句，十分精采。後者四節二十行，錯落有致，而歸於空無。優秀詩歌的其中一個特點是，時間和空間往往是混淆不清。「大漠孤煙直，長河落日圓」，明顯地描繪了一個曠野空間來。但孤煙與落日，又暗喻了黃昏。是空間裡羼雜了時間的例子。「小樓一夜聽春雨，深巷明朝賣杏花」，寫客寓京華一夜無眠，只是小樓春雨與深巷杏花攤販，又形狀勾勒出一幅春日畫圖來。是時間裡混和了空間的例子。傳統如斯，今生葉莎也不例外。〈但願人長久〉末節，時空渾然，情景融合，竟至無縫無隙。

黃昏。摺衣
衣袖悄悄藏進相思樹影
但願穿上就有森林
每一片綠葉更勝紅塵

〈塵與塵〉筆觸指涉「停屍間」這個陰冷的空間。這是一個難以書寫的空間。首節這樣描述：

你住的地方
冷氣總是開得太強
零下八度，卻沒有人喊冷
房號A7，空間狹窄
恰恰裝進無求的一生

對空間的描述不是詩歌的意義所在。詩人必得透過對空間的描述來為詩意鋪墊。所以後面的第二和第三節，詩人寫到了「鄰居」與「未來」。詩人為空間裡的主人翁築構了完整的生活情狀：門牌號碼，現代化的空調，恰當的坪數，和睦的鄰居，與處理未來歸宿的便捷。這是一般詩人所缺乏的「形構力」creative，而葉莎在詩裡充份發揮出來了。她點明了空間與存有者之間的關係。巴舍拉

Bachelard《空間詩學》The Poetice of Space裡有一句名言：「我們生命的曆書只能由其意象來決定」。學者邱俊達為這裡的「意象」作出詮釋，「我們必須去找出那些決定我們命運重心的孤寂時刻，去發現那些孤寂時刻的僻靜角落。」[7]葉莎藉一個極其僻靜無聲的角落，書寫死亡（時刻），透過描述空間來進行，詮釋了生命最永恆的孤寂。

詩人葉莎於詩有其極高的悟性。其文本合乎詩學法度。她很少在我面前以條分縷析的方法來談論詩歌，因為詩歌創作，各為其「主」。這裡的主，是語言，是意象。一個詩人尋找不著他的「主」時，他的詩歌創作即是一種「模仿行為」。在〈在意象的葉鞘〉的末節，，詩人說：

> 我深信自己是一株香蕉樹
> 在意象的葉鞘
> 相互合抱並且逐漸強大

唯一令語言強大的，是意象。從《伐夢》《人間》到這本《陌

---

[7] 見〈朝向廢墟的詩意空間：從空間詩學到廢墟空間〉，邱俊達著，刊《藝術觀點》第42期，2010.4，頁11。

鹿相逢》，葉莎的詩植根於台灣這方沃土，一直在強大。在閱讀過程中，我常產生不由自主的震撼。這種閱讀的反應，源自她的語言和意象。猶如廢墟裡陌鹿的相逢，震驚，然後注視。再然後，追逐著。「呦呦鹿鳴，食野之苹」，形容葉莎其人其詩，貼切不過。

散文詩板塊的語言藝術與台灣五家

散文詩要在詩和散文的領域之外，成為一種獨立的文類，其先決條件是，具有它本身的藝術特質。

在詩和散文的兩岸間，散文詩的發展一直是搖擺的，以S型的軌跡前行。從歷史上看，有關散文詩身分的歸屬問題，一直是評論家的爭論熱點。白話文運動以來，散文詩的發展便一直以其模糊的身分，走越崎嶇不平的道路。新詩草創時期的詩人劉半農，率先自西洋引入這一詩體。他同時也是個實踐者，《揚鞭集》裡，散文詩便佔了五分一的篇幅。劉半農因為留學法國，受當時西洋文學的影響甚深，但同時他對傳統文學，尤其是民間文學極為關注。他和胡適最大的分別是，胡適留學美國，全盤接受西洋文學的那套。他為白話文運動所提出的「八不主義」，便是完全從當時盛行於美國的「意象派」詩歌宣言中搬過來的。有關這方面的研究，新加坡學者王潤華教授早有專文論述。而劉半農卻能在紛紛紜紜的西潮中，保持著清醒的頭腦。文學以外，包括攝影等其他範疇的藝術，劉半農都主張借鑑西洋技術，而不忘本國文化。他嘗試以當時的攝影技術為例，指出了在承襲西洋技術之餘，要拍出中國的照片來。在《光社年鑑・二冊》序文裡，劉半農說：

> 我以為照像這東西，無論別人尊之為藝術也好，卑之為狗屁也好，我們既玩著，總不該忘記了一個我，更不該忘記了我們是中國人。要是天天捧著柯達克的月報，或是英國的年鑑，美國的年鑑，甚而至於小鬼的年鑑。以為這就是我們的老祖師。從而這樣模，那樣仿，模仿到了頭髮白，作品堆滿了十大箱，這也就不差了吧。可是，據我看來，只是一場無結果而已。必須能把我們自己的個性，能把我們中國人特有的情趣與韻調，藉著鏡箱充份的表現出來，使我們的作品，於世界別國人的作品之外，另成一種氣息。夫然後我們的工作才不算枉做，我們送給柯達克矮克發的錢才不致白費。

劉半農認為，文學也應作如是觀。散文詩這種文體，源自西洋。法國的波特萊爾被認為是第一個提出「散文詩」這種文類的作家。爾後在西洋，散文詩的發展便一直連綿不絕，成了一種新興的傳統。1919年白話文運動後，經由劉半農等人的倡導和引介，散文詩悄然進入了我國。早在三、四十年代，包括法國波特萊爾，俄國屠格烈夫，敘利亞紀伯倫，印度泰戈爾等被認為是散文詩大師的作品，都先後給介紹到我國來。據黃永健《中國散文詩研究——現代漢語背景下一種新文體的理論建構》裡說：

> 在中國散文詩歷史上，劉半農的意義不僅僅在於他首先對西方的散文詩進行了橫的移植（中國第一首用文言翻譯的散文詩，以及第一首用白話文翻譯過來的散文詩都是劉的作品），更具深遠意義的是他將外來的文體形式以及這種文體形式所負載的表達功能融入了自我生命的內部，使之從外在的東西變為感同身受的切己內容，這也就是張新穎在《20世紀上半期中國文學的現代意識》一書中指出的「中國的現代意識」，也就是說在早期進行散文詩嘗試的先行者行列裡，劉半農和當時思想文化界的精英們一樣，一開始就不是完全依樣搬弄，將西方散文詩的形式技巧及思想內容移置到中國。相反，從一開始，劉半農包括沈尹默、周作人等便通過屬於東方文化薰陶的「東方心靈」對西方象徵主義詩派的創作理念進行審美的過濾。因此，我們可以說，散文詩這種無韻、不分行的新文體一旦進入漢語的詩性寫作，必然產生變化，尤其是意境上的變化。

其實早在《新青年》雜誌時期，鄭振鐸已經連續組織了三次散文詩研究專輯。當時的郭沫若、滕固、高長虹等都對散文詩的文體特性進行過探討。滕固認為，如新詩「黃色」，散文是「綠色」，則散文詩便是結合了新詩的黃色和散文的綠色，成為「藍色」。這是個十分具象的比喻，道出了散文詩源自新詩和散文而又不同於二者的文體特徵。這與現代所說的「桃駁李」、「混血兒」等的比喻，道理是相同的。郭沫若在〈論詩的韻腳〉中，提出了這樣的看法：

韻　文＝prose in poem
散文詩＝poem in prose

這個看法令我們明白，散文詩的創作和理論建設，其實和新詩是具有相同悠久的歷史。但相較於新詩的發展，散文詩無論創作和理論的成就，都遠遜於新詩。當中的原因，便是散文詩的「身分」歸屬問題，即所謂的「文類認知」的尷尬。

要明確散文詩的身分，尋求散文詩獨立於詩和散文之外，其必要條件是，確立散文詩的藝術特質。要確立散文詩的藝術特質，是不能按各人相對局限的認知來隨意立說的，而必得從「歷史」和「文本」兩個角度去看，方才是「立得住腳」的學問。而不幸的是，散文詩界正面臨這種「任意解讀」的景況，在表面蓬勃的創作背後，散文詩正面臨發展上的危機。

因為散文詩形式上的「分段」，和一般散文是沒有分別的。此所以它的文類常引起爭議。王光明在〈散文詩的歷程〉裡說：

> 散文詩的起源和誕生，的確與詩的解放和小品文作家追求詩意有關。

問題來了，散文詩是傾向「詩的解放」還是傾向「小品文作家追求詩意」的呢？若屬前者，則散文詩只是在自由詩體的基礎上，進一步尋求掙脫形式的枷鎖，打破分行為詩體的唯一模式，其身分只是「詩」的一種。若屬後者，則散文詩是在小品文的創作技法上，再加強詩意的表達，其身分只是「散文」的一支。

散文詩的發展經歷了一段散漫的歷史（這段散漫歷史的情況，於八十年代初出現，見諸平庸作品的大量湧現和理論的各自言說）後，現時兩岸學者對散文詩的研究，已回歸到歷史本位和文本立場去。尤其兩岸學術機構裡研究散文詩的專家學者們，有了類似的共識，即，散文詩為有別於「詩」和「散文」的一種獨立文類，有其既已存在，不容否定的史實。

接下來，便應探討這作為獨立文類的散文詩的藝術特質。「分段」的形式既不能把「散文」和「散文詩」區分，則尋找散文詩的內部藝術特質，是有其必要的。

我曾以劉半農的〈稻棚〉、〈曉〉兩篇作品，探討詩歌形式的可能，而歸結於散文詩的語言風格的探索。特別指出，散文詩是脫離了散文的「線脈結構」模式，而與詩歌的「塊狀結構」暗合。散文詩的詩意，便是從分段的形式（一種「線脈結構」的自然模式）裡，寄存於分行形式所具的「塊狀結構」間。「線脈結構」是一種自然段落的模式，時和空的脈絡相對明顯，事與情的伸延相對鏈接，其文理是一步一步的織扣而成。而「塊狀結構」是一種自然分行的模式，兩個板塊間以意象或事件鏈接，事件間會省略不必要的敘述，其相連的狀態常是跳躍或暗喻的。

這裡我引五篇台灣著名散文詩作品，闡明這個看法。五篇作品是商禽〈穿牆貓〉、瘂弦〈鹽〉、陳芳明〈城市〉、蘇紹連〈獸〉和渡也〈青蛙〉。

01　商禽〈穿牆貓〉

自從她離去之後便來了這隻貓，在我的住處進出自如，門窗乃至牆壁都擋牠不住。

她在的時候，我們的生活曾令鐵門窗外的雀鳥羨慕，她照顧我的一切，包括停電的晚上為我捧來一勾新月（她相信寫詩用不著太多的照明），燠熱的夏夜她站在身旁散發冷氣。

錯在我不該和她討論關於幸福的事。那天，一反平時的吶吶，我說：「幸福，乃是人們未曾得到的那一半。」次晨，她就不辭而別。

她不是那種用唇膏在妝鏡上題字的女子，她也不用筆，她用手指用她長長尖尖的指甲在壁紙上深深的寫道：今後，我便成為你的幸福，而你也是我的。

自從這隻貓在我的住處出入自如以來，我還未曾真正的見過牠，牠總是，夜半來，天明去。（277字）

這首分為五節的散文詩，每段都具明顯的銜接痕跡。但作品的「塊狀結構」隱然存在。這才是作品的深層結構所在。這是本篇散文詩極其成功的地方。幾乎每個段落都有一種暗寓在。首段和末段的「貓」是暗寓，且具意象的鏈接。第二節的「雀鳥」，乃至於「停電的晚上為我捧來一鉤新月」、「燠熱的夏夜她站在我身旁散發冷氣」等，無一不是意象語。第三節無意象。第四節「唇膏在妝鏡上題字」和「指甲在壁紙上深深的寫道」，也是一個相對的意象。

02　瘂弦〈鹽〉

二嬤嬤壓根兒也沒見過退斯妥也夫斯基。春天她只叫著一句話；鹽呀，鹽呀，給我一把鹽呀！天使們就在榆樹上歌唱。那年豌豆差不多完全沒有開花。

鹽務大臣的駱駝隊在七百里以外的海湄走著。二嬤嬤的盲瞳裡一束藻草也沒有過。她只叫著一句話：鹽呀，鹽呀，給我一把鹽呀！天使們嬉笑著把雪搖給她。

一九一一年黨人們到了武昌。而二嬤嬤卻從吊在榆樹上的裹腳帶上，走進了野狗的呼吸中，禿鷲的翅膀裡；且很多聲音傷逝在風中，鹽呀，鹽呀，給我一把鹽呀！那年豌豆差不多完全開了白花。退斯妥也夫斯基壓根兒也沒見過二嬤嬤。（238字）

在這三節的散文詩裡，背後反映著一個時代，即辛亥革命前後。若改以散文「線脈結構」的模式來創作，雖然同是分段，內蘊卻一定不是這樣的。「杜斯妥也夫斯基」是俄國著名的小說家。他的代表作是《罪與罰》。《罪與罰》約四十萬字，涉及的內容極豐富。在這篇不足二百五十字的散文詩裡，卻成為一個單一的意象，即當時社會人民所普遍憧憬的理想。「鹽」也是一個意象書寫，即生活的必需品，那是不可或缺的生活現實。「天使們在榆樹上歌唱」和「那些豌豆差不多完全沒有開花」，也屬意象語。後者與末節構成了極強的板塊縫接。第二節的「盲瞳裡一束藻草」和「天使」、「雪」也都是意象語。三節的銜接是「跳躍式」，完全符合了散文詩的保持段落形式而強化「塊狀結構」的藝術特質。

03　陳芳明〈城市〉

相約在遠方的城市會見。這是我們最初的承諾。

最好選擇一個陌生的客棧，在一條陌生的街道，因為我們都是背叛者。你我牽手共負同樣的罪名，只為了背叛一個「穩定中求進步」的國度——他們稱之為家。

在未識的旅館相會，我們並非偷情，也非尋歡，而是痛苦作愛。俯在你的裸胸抽泣，我瞭望一片還正遙遠的夢。在那裡，我們將拆除猜忌的高牆，並那多刺的鐵絲網。在淚眼裡，我們勇敢投入夢中。

每座城市都是一顆奇異的星辰，我們是寒冷的星際旅客。你我在遠地告別，又相約在下一個城市見面，只因還未回到屬於我們的土地。憑藉一股意志，在理想國建立之前，我們緊緊守著愛——他們稱之為罪。（269字）

這也是三節的結構。這篇散文詩陳展了兩種極其尖銳對立的認知。一種是「兩個人之間」的，是相互認定默許的。另一種則是「兩個人」與「群體」的，是一種無形的社會規範。詩的解讀可分兩個層次。一是「愛情」，詩人質疑城市男女那種「築建高牆，鋪鐵絲網」的婚姻制度，那和真正的愛是兩回事。一是「政治」。詩句「背叛一個穩定中求進步的國度」和「回到屬於我們的土地」，前後出現了塊狀結構的情狀，也令內容都有政治上的暗寓。

詩的「線脈結構」特別明顯，寫成「段落形式」是自然而然的。但當中仍有「塊狀結構」的狀況。除了前面的，詩的次節「俯在你的裸胸抽泣，我瞭望一片還正遙遠的夢」是一個細微板塊，與末節「還未回到屬於我們的土地」作縫接。這是一篇「線脈結構」強化為段落的散文，成了一篇優秀的散文詩。

04　蘇紹連〈獸〉

我在暗綠的黑板上寫了一隻字「獸」，加上注音「ㄕㄡˋ」，轉身面向全班的小學生，開始教這個字。費盡心血，他們仍然不懂，只是一直瞪著我，我苦惱極了。背後的黑板是暗綠色的叢林，白白的粉筆字「獸」蹲伏在黑板上，向我咆哮，拿起板擦，欲將牠擦掉，牠卻奔入叢林裡，我追進去，四出奔尋，一直到白白的粉筆屑，落滿了講臺上。

我從黑板裡奔出來，站在講臺上，衣服被獸爪撕破，

> 指甲裡有血跡，耳朵裡有蟲聲，低頭一看，令我不能置信，我竟變成四隻腳而全身生毛的脊椎動物，我吼著：「這就是獸！這就是獸！」小學生們都嚇哭了。（243字）

兩節作線脈承接的作品，充滿了對教育制度的諷刺。字詞的「形」與「音」可以掌握，但「義」卻是個大問題。怎樣向小學生講述「獸」，乃至「人禽之辨」，在這個是非顛倒、好壞不分的灶會裡，確實不是一件容易的事。這種隱藏在骨子裡的諷喻在散文裡是不可能具有的，因為散文的脈絡順理梳爬，相當明顯。開首至「我苦惱極了」，和末處「我吼著」至結尾，是一種散文的語言。而夾藏在中間的，因其塊狀結構而成了另一種語言，屬於詩的。詩敘述了一位老師進入了綠色書寫板裡去追趕一頭獸（意即教導學生認識「獸」字），而最終自己成了「獸」。與現時流行語稱「教授」為「叫獸」，有相同的妙處。

05　渡也〈青蛙〉

> 回家途中，藉著迎面而來的世上最亮的車燈，我正好讀到妳向上飛翔的姿勢。但是當妳輕輕飄下，竟有一匹急速的黑暗已經將妳淹沒了。所以我只能聽到，春天碎裂的聲音。等那輛溫柔的子呼嘯而去，我才蹲了下來，仔細品

嘗妳仰臥在荒山濕冷的路面，深深的轍痕裡，微笑時像一張單薄光滑的紙片。

然後我也呼嘯而去了。在那路的盡頭，首先我只能聽到一隻青蛙的叫聲，後來我竟聽到成千上萬妳同伴的叫聲，洶湧而來。它們都蹲在我沒有燈火的眼裡，頻頻向我詢問春天，以及妳的下落。

但一切都太晚了……（225字）

這篇散文詩由許多的「板塊」縫接而成，而歸結於一句散文句子「但一切都太晚了」。散文詩創作技法的變動性大，可塑性高，可以窺見。在這約八個板塊的跳躍，形成了散文詩的內在節奏。板塊在散文詩裡，有時僅是一個片語或句子，有是則是一個小段落，更或是一節。關鍵是，當中不以線脈的方式縫接，而以板塊的方式無隙銜接。作個比喻，同是衣服，散文以針線縫合，散文詩則有類於僧伽的百衲衣，其要求的裁縫技巧更高。

我們以草創時期劉半農的作品為起點，解說詩歌分行與分段的情由，由外在形式進而探討內在語言。這裡更列舉了五篇台灣近代詩人的散文詩佳作，剖析其內部語言狀況。指出散文詩的語言，常是一種板塊結構的詩的語言，那是以意象來傳遞的一種語言，具跳躍的特質。一般而言，這種語言，應是自然形成的「分行」的形式，若出現「分段」的形式，那便是有借助於散文線脈結構的輔助，如此一來，便構成了散文詩的語言特質。那便是散文詩賴以成為獨立文類的重要條件。而不是甚麼「留白」、「意境」等等濫言泛論。

本文參考資料

◎《二十世紀中國經典散文詩》，王光明、孫玉石編，武漢：長江文藝出版社，2005.5.。
◎《劉半農詩歌研究》，梁新榮著，香港：紅高粱書架有限公司，1999.8.。
◎《中國散文詩研究》，黃永健著，北京：中國社會科學出版社，2005.6.。
◎《香港散文詩研討會論文集》，夏馬編，香港：大世界出版公司，2001年。
◎《散文詩的歷程》，王光明著，原載《現代漢詩的百年演變》，中國：河北人民出版社，2003年。
◎《美麗的混血兒——散文詩的技巧》，王幅明著，廣州：花城出版社，1993.5.。
◎《驚心散文詩》，蘇紹連著，台北：爾雅出版社，1990.7.。

【大陸篇】

新加坡詩人舒然作品

流水線上的詩意
——步緣詩歌的述說方式

那些紀錄產品的表格

被詩句爬上去

那是流水線曾經痛快享受過的筆跡

——步緣〈在流水線上寫詩〉

在詩歌創作上，曾提出「這些文字之所以為詩，是因為文字背後的情境」的阿根廷詩人博爾赫斯Jorgr Luis Borges，在談及羅伯特・佛羅斯特Robert Frost詩集《波士頓以北》中以下這幾句詩行時，說，「〝在我入睡之前還有幾里路要趕〞：這僅是物理層次上的感受——這邊的里程是空間上的里程，是在新英格蘭的一段路程，而這裡的睡眠說的也真的就是睡眠。這句話第二次出現的時候——〝在我入睡之前還有幾里路要趕〞——我們會感覺到這邊的里程已經不只是空間上的里程，而且還是指時間上的里程，而這邊的

「睡眠」也就有了死亡或是「長眠」的意味了。」[1]這四行詩是這樣的：

> 這裡的樹林是如此可愛、深邃又深遠
> 不過我還有未了的承諾要實現
> 在我入睡之前還有幾里路要趕
> 在我入睡之前還有幾里路要趕

博爾赫斯這番話，對有學養的新詩讀者帶來了相當鉅大或意外的震撼。我們因之才明白，老是談象徵或隱喻的修辭技法的西洋詩歌，也同樣重視詩歌裡的所謂「白描」技倆。早前，我接受有關散文詩體的訪談中，曾提及珠海詩人步緣的作品，那是這樣的：

> 我讀了珠海詩人步緣（郭道榮）的詩作，他的語言是散文化的，卻不妨礙詩意的傳遞，他的詩就充滿了「不甘心」的精神本質。這一點詩人本身未必發見。

1 《博爾赫斯談詩論藝》，博爾赫斯著，陳重仁譯，上海：譯文出版社，2008年。頁11。

最近，在一個有關珠海打工詩歌的座談會裡，我又再次提及步緣詩作有關散文化的問題，那是這樣的：

> 步子的打工詩歌，句子有散文化的傾斜，但在表達上卻是有所突破，這不單在語言上體現出來，某些片段，平凡中卻具有詩外之意。我特別要說的是，散文化並非詩歌之病，關鍵是哪一種「散文化」，如果是語意明晰、因果連接的散文敘述，當然有損詩意。但步緣的散文句式，藉剪裁和排序給讀者新鮮的閱讀感覺，讓沉重的打工生活承托在輕盈的詩句中，這是他的功力所在。他的詩以散文句子呈現卻具有一定的質量。[2]

這兩段簡單的文字有兩個重點。一是步子詩的語言有「散文化」的形式本質，另一是他的詩具有「不甘心」的精神本質。本文只就步子詩歌的散文化語言進行論述。

作為文學的詩歌，「散文化」不能視為一個缺點。我留意到，詩壇有以「散文化」來貶抑詩作，指的是組織鬆散，脈絡明晰，而

---

[2] 《情詩季刊》，總第十八期，二零零九年冬之卷，頁102〈珠海草根詩人：在詩意的打工生活中成長〉。

意義浮淺的作品。這種評論也一直為詩人們接受，部分的詩人作出矯正時便容易落入為技法而技法的「晦澀」一途。要說明的是，所謂「晦澀」與「明朗」在真誠的詩人面前，其實是不存在的。詩歌只是一種話語，當中承載了詩人的思想和感覺，語言所負擔的溝通作用，是無法抹煞的。真誠的詩人歇力地為生命發聲，我們聽到他震蕩心靈的聲音。簡單的辯證，所謂詩，以其精神本質而存在，而以形式建構而呈現。

步子的詩歌用的比較多是一種線性的述說手法，其情況與工廠的流水線相若。由第一個工序開始，而成於最後的一個工序，即由原料或小部件開始，而最終抵達製成品。這種述說的句子有相對明顯的指向性，是由此岸而到彼岸的過程。〈架子床〉是一首很優秀的打工詩歌。首節詩人先述說架子床下鋪的景象，這是一組相連的「部件」：

睡在我下鋪的同事
已經打起了呼嚕——部件①

路燈從窗口射進來
落在蚊帳上——部件②

「嗡嗡」地飛來飛去的蚊子

如機床在吼叫

連一個打工仔的美夢也不放過——部件③

在平淡的言語中，詩人以其獨特的述說方式，產生了詩歌的效果，即一種「美的發現」。而這種發現，是不符合科學卻又是真實的把事理呈現出來——蚊蚋聲如機械聲。詩的末節，詩人先交待「架子床」與他的關係，然後筆鋒一回，想起「某個深夜」來，這是再下的一組「部件」。

這張架子床，我已經睡了兩年——部件④

經常半夜時分從廠房回來

躡手躡腳爬上去

生怕打擾下鋪的夢鄉——部件⑤

某個深夜，我輕聲關門

他在夢中激動地喊：

爹媽，我回來了！——部件⑥

我嚇了一跳

這熟悉的聲音

頓時在我心中爆發——製成品

我們可以說，詩人以六個工序來完成這首詩，把心中的意思藉此表達出來。詩寫的是一個漂泊在外的打工仔對故鄉對父母的深切懷念。這種懷念，在強大的現實底下只能壓抑著，而在這一刻，卻爆發出來了。這首詩的敘述過程有如一條藥引，輕微的火花蔓延著而最終引來「爆發」。

我們一般說「詩性語言」，指的是具暗示性，糾纏跳躍的意象語。但這是對「詩性語言」的一種局限的理解。詩歌排斥平鋪直敘的散文化語言，卻不應拒絕語言散文形式的「敘事性」。台灣洛夫在他的一篇文章〈解讀一首敘事詩—蒼蠅〉裡說，「這首詩（按：指〈蒼蠅〉）的風格與我別的作品迴異，與一般講究精緻意象，選擇暗示性強的象徵語言的現代詩也不一樣，語法與技巧平實得幾近散文。」他進一步指出，詩歌中敘事的散文語言，要有三個特性，即「手法冷靜準確」、「借用戲劇手法」和「具深刻內涵」。[3]

無獨有偶，步子也有一篇寫蒼蠅的，題為〈假如我是那隻蒼蠅〉。詩人巧妙地指涉特有的「那隻」，這本是相當戲劇的安排。那隻蒼蠅能夠「飛到她手掌上」、「又悄悄地落在她的肩膊上」，最末，詩人說：

---

[3] 〈解讀一首敘事詩—蒼蠅〉，見《背向大海》，洛夫著，台北：爾雅出版社，2007年。頁151。

在人們面部表情相當複雜的今天
只有像小蒼蠅那樣的小昆蟲
才有人身自由

對感情先有點撒野而後十分真摯的戲劇轉變，這樣的情節安排令這首詩歌煥發光采。當然，詩句在某些地方，拿捏未見準確，至使那種散文化的平鋪直敘，陰魂不散。這是略為可惜的。步子的詩有具出人意表的構思，只是在語言的磨煉上仍稍欠火侯。

詩壇常把步子的詩歌歸類為「打工詩歌」，這是一種便捷的論述。因為一經定位，厚之薄之便因而簡單容易。其實所謂「打工詩歌」，其精神價值還不在特定階級的書寫，反映弱勢社群的苦厄。其深刻處是透過人性的細節而呈現一種生存的狀態，與乎一種超越階級的對生命的探索。優秀的打工詩歌是始於階級的矛盾而終於生命的和諧，彰顯一種普世價值，對醜惡的消融。

步子打工詩歌的名篇應該是〈張守剛離開坦州〉。我曾在另一篇文章裡說過：「步子以其淳厚簡單的詩歌語言，透徹的把一個不甘貨殖、追逐靈魂的詩人，寫的存活起來。我嘗說，文化坦洲因步子這首詩而知名。」[4]我認為，這才是打工詩歌的正途。同是書寫

4　秀實〈把時間看成一個句式——陳芳詩歌的語言、空間與時間〉，見陳芳

中山坦州這個小鎮，〈周日的坦州〉便比較囉嗦了，仍是寫到張守剛的，卻精采有加：

談起了打工詩人張守剛
過去十幾年間，坦州鎮
被他塗到詩歌中，顯得格外耀眼
在街上行走的人們，中巴車上的蛇皮袋……
都成為詩歌中流淚的詞

詩歌語言一直是詩人歇力尋求的表現方式，在書寫過程中，詩人會不由自主地把個人的語言呈現出來。步子詩歌的語言雖不臻善，卻有其獨特的敘說方式。如「看大海的波濤／模仿人的皺紋」（〈跟早晨約會〉）。詩人以其散文傾向的語言風格，成就個人詩歌的特色。在盲目追求綿密意象而語言晦澀的詩壇上，無疑是一派清新景觀。

詩集《一個人的生活》序，北京：大象文藝出社，2009年。

行走並刻意孤獨著
——布布詩的白描與隱喻

> 我總是寄情廢墟，不知道草木旺盛的樣子
>
> 我想起你的羊，它們應該可以獨自散步了
>
> ——布布〈想起你的羊〉

這些日子，睡前躺在床上讀日本作家伊藤高見的《扔在八月的路上》，半片窗戶外的夜色濃得黏稠了一些記憶上的悵惘和無奈，而模糊的睡意間，那個叫水城的女子會蹦蹦跳跳的跑過來，並向我拋來「一九罐」的飲料，香草味的可樂。

由是一些不完整的詩句會零散地出現在我的腦海裡，隨著我的睡夢而飄進茫然不知的空間，而後解體為破碎的筆劃。我知道，星體仍在運轉，只是時間已缺乏了它的意義。凌晨三時馬路上曾有槐花飄落，電燈桿頂上一隻烏鴉曾經在尋覓伴侶途中歇息。陽光透進房間，床褥的凌亂與肢體的微微黏濕，引證了我確實是從昨夜醒來了。

外邊繁忙的地鐵站開始騷動，權術、貨利、私有、偽善，和那些不能區分恨或笑的臉容，集體呈現著一種城市的文化力量。半小時後我混進了人群，在月台和車廂間擠著攢著。生活的無計可施中，我想到夜間和白晝兩個截然的不同空間，而詩歌和我，全然屬於太陽下山後的夜晚。年輕詩人布布有一首叫〈吃光的嘴〉的詩，寫的雖然是自然現象的「日全蝕」，卻因為饒富喻意，不妨作另一種水到渠成的解讀。詩一節十七行，始以平凡的描述而終以的奇幻的鋪排：

月亮往東運行——
這只吃光的嘴，吃掉整個太陽
留下金色的光環和靛青色的天空
鳥兒失去方向，或者
飛回巢中，夜行動物睡眼惺忪地出來活動
彷彿黑夜之後仍是黑夜，人們沿著
望遠鏡的周圍散步，他們在練習高瞻遠矚：
踮起腳尖，口袋裡紛紛掉出：手機
餐票、硬幣、鑰匙和三黃片（他們沒有
倒立，為何掉出這麼多東西？不管了）
一隻瘦貓走過去

藍眼睛吞著黑暗。黑暗的廣場

人們已經轉向更高的場所，另一些人正在

推遲轉移。他們摘掉五官

可以不去工作單位，可以不看

各個省份的天氣。二十分鐘以後

沒有太陽的世界，結束了

一頭藍眼睛的「貓」在詩裡悄悄爬出來，這與傳統的「天狗吠日」全然不同，巧妙暗喻了詩的述說角度，因為這樣，全詩的鋪排便順理成章，詩人刻意的讓自己置身在肇事現場而又讓自已站於一個「燈火闌珊」的位置。那僅僅是二十分鐘沒有太陽的時候吧，人們卻可以在黑暗中各自泯滅了自己：沒有世間的聯繫、沒有五官、不必關心自身以外的所有事物。人的孤立與無助，莫甚於此。夜間幸而有詩相伴，取之無盡，用之不歇，如江上清風明月，這是詩歌的價值。

像這個夜晚，案上攤著的，除了一杯六堡茶外，就是這一疊布布的詩稿。布布的詩，在一個相當的水平上，正以驚人的速度在增長。原因毋庸細想，只感到他的聰敏令他過早地擺脫了許多詩人在邏輯思維和慣用文字上的羈絆，而揮灑起來。最初我是給〈遇見吳孟〉所吸引的。那時布布仍周旋在小說般虛構的街頭男女間，渴望轉角處會遇上虛擬的天使，茫然不知所措，進退失據。但他最終選擇了真實的詩歌。

> 不清楚的還有溫度、日期和一些決定
> 扭轉身後細腰才呈現它的柔軟
> 太陽無視於人間的活動啊
> 擾擾人群中，吳孟你是誰
>
> 沒有問候，不會微笑
> 不是蓄意的敵視
> 而是夢幻的時空出了問題
> 山洪決裂的原委傾流直下
>
> 早知是如此嬌美，如此盛才
> 心中的涼意在初秋時就該恆定
> 自棄於己的羞恥浪費了多少珍貴
> 早知吳孟啊

我不喜歡第二節那種處理手法，我認為詩歌有這種刻意的婉曲不如直截了當乾脆點吧。詩歌的含蓄要自然一體而有味道，不能猴子穿衣。而這首詩的味道就在那種率直上。詩裡兩喊吳孟，令人心蕩。「擾擾人群中，吳孟你是誰」一問，友情之深摯與無奈全在了。「早知吳孟啊」一嘆，天意之作弄與局促全有了。

忠誠真實方才是軟弱，所有虛假偽善都是堅強的。但真實帶來的軟弱是「柔韌」而不是「懦弱」。詩歌的力量在此。平庸的詩人體會不了這一點，不自覺的書寫他們的「擬真實」，並以之來展現他們的「偽力量」，其結果是換來最終的「破碎」。而布布卻深諳此道。在〈不必永遠，只需現在〉的第六節，詩人記下了些片段：

> 別忘記有人那最柔軟的一面，他已走遠
>
> 別收穫守望者穿過的麥田，那永不成熟
>
> 你說過，沒有一個詞語能解決那無比豐滿的
>
> 我說過，所有身體都是熱情、冒險的

極細微的水氣正從陽台上掛晾的衣物間無聲無息逸去，那些盆栽植物的枝椏全然靜下來，而泥土內的根鬚正極緩慢地延伸著。感情是所有人存活的理由，詩人領悟頗深，前兩行高明，因為那種隱喻的述說方式，但不及後兩句的精采，一男一女的簡單對話，便把「暗喻的箭」準確射到極遙遠的落點。倘若我們只看到飛出的箭而看不到箭的落點，即我們便不能領略這兩句詩的涵義，所謂「愛

情」那不在久暫的時間而在真實的空間上，不在言語的取捨而在身體的真偽上。在另一首〈我總是把玻璃捏碎〉，詩人說便過，「我的血手已證明愛不是永恆的堅硬和光潔」。

好的詩歌確然是精致無比的。我可以想像詩人寫作時的專注以致於忘我，方能夠拿著鉗子把閃亮的鑽石鑲嵌。「雨聲如雷。他們只能利用屋簷猜出一些片斷」（〈白雨〉），「豎起的刀柄上，掌心開始磨出粗硬的光陰」（〈光陰〉），「石灰石中看到舊日的耕作，唐樂壓著水面蕩去曠野」（〈大唐芙蓉園隨想〉），「本來歷史就是複雜的剩菜，我缺乏回憶／只知道現在是晴朗的秋日」（〈秋日〉），「落日在遠遠的山上／冬天在冬天的夢裡」（〈秋日快板〉），諸如這些句子，便是這樣寫成的。晚上朋友給我電話，說起一些詩壇的事，其擾攘紛爭不遜於貨殖場。擱下了茶杯，我想，詩人是不是昏了頭腦，已經不講求素質而花時間去叫賣和宣傳了。那些粗糙的贋品，肆意充斥著。布布正以忠誠和認真去保衛那不能退讓的領地，而那才是詩歌的精神所在，是詩歌的永恆價值。

又一盞六堡茶喝完了，當我讀到「那時我你覺得委屈，我知道你已經失敗」這種白描詩句混雜在「你是雪狼湖的早晨和／卷曲湖面的黑暗的夢境」（〈說甚麼夏安〉）時，我感到詩人寫作的危機正隱隱浮現。真正的詩人不會對白描的詩句懷有拒抗或薄視，因為白描句子的優勢與局限，端視其置放的位置。白描因為置放的失當而讓詩意流失了。現在，我要說，那是一種因自信隨之而來的任意妄為，我指的是驅使文字的任性，已隱隱然出現在布布的寫作當中。但聰敏如布布，將會很快的察覺出來，他會把白描擴大，讓隱喻縮小，而因之他的詩會愈來愈受到注目。

陽光與陽光背後
——讀曾滔詩

文類的劃分一直困擾著不少的作家。詩界革命以降，詩歌擺脫格律束縛，邁進自由化的領域，這種困憂愈見明顯。「詩高於散文」的偏見在新詩百年來臨之際，已成了牢不可破的文學評論的公共準則。這種情況，尤其存在於散文詩的領域內。散文詩界一直盲目捍衛的是，散文詩屬於詩而不屬於散文。近讀詩人西渡的〈論散文詩〉，深有啟發。文章有一段說到文類區分的關節處：「詩和散文的分別首先體現在兩者不同的思維方式上。詩以情感和直覺的方式感受、領悟世界，散文則以知性的方式觀察、思考和認識世界。詩所面對的世界是未成的，散文所面對的世界是既成的；詩的世界是可能的，散文的世界是實存的。也可以說，詩歌創造世界，散文解釋世界。」當文壇都瀰漫著「詩是散文的分行」類似這種的粗疏說法時，西渡這篇文章，猶如晨鐘暮鼓，發人深省。

可見詩與散文的區分，並不僅僅存在於形式上。這段文字所指涉的「思維方式」、「對世界的詮釋」等概念，歸根究柢，就是「思想」與「語言」兩者。對文類的理解，應始於形式而終於語言。我時常這樣的揶揄詩壇，該寫散文的人都跑來寫詩。我的意思是，詩人得把注意力放在「思想」和「語言」上。

深圳詩人曾滔詩集《瞬間》裡，有一首詩〈文學觀〉，我如此的解讀詩的第一節。

01　我在詩稿上極其嚴肅　但有時
02　也玩世不恭
03　掂量人類在數千年裡
04　積累的語法邏輯
05　打亂次序並重新排列
06　在一種混亂變動中創造
07　能引誘人投身博愛意境
08　哦　我並非受過嚎叫薰陶

01-02行詩人述說其時而嚴肅時而嬉遊的創作態度，那是一種創作上情緒兩極搖擺的狀態，也是詩人對現實世間精神上的詮釋，而這種不同的情緒會產生不同的語言（也即內容）。03-06行則述說其對詩歌語言的主張，詩人以顛覆傳統的語法來達致語言陌生化。07-08行言對詩歌內容的追求，是一種人文關懷而非精神的頹廢。「嚎叫」當然不是指詞義上的吼聲，應指一種詩歌的主張。二十世紀五十年代末，美國詩壇出現「垮掉的一代」，詩人金斯伯格Allen Ginsberg，1926-1997 寫下了長詩〈嚎叫〉，其中有「他們被逐出學校因為瘋狂因為在骷髏般的窗玻璃上發表猥褻的頌詩，／他們套著短褲蜷縮在沒有剃鬚的房間，焚燒紙幣於廢紙簍中隔牆傾聽恐怖之聲，／他們返回紐約帶著成捆的大麻穿越拉雷多裸著恥毛被逮住」的句子，其代表了二戰後美國青年思想的頹廢和道德的淪落。曾滔生於盛世，游走於繁華的特區，南山上的陽光與陽光背後，中年後的個人與非個人，自身為命，與人為緣，應有深刻的體會，面對大都會的陰暗，自不必與垮掉一代同聲唱和，這是詩人思想上的自覺。

這本《一個象徵主義者》是曾滔的第三本詩集。收錄了詩人二零一一到一六間四年半的詩作。附有一篇長達八千餘字的〈後記〉。我以為，詩集得先讀作者的序跋，那是傳統「知人論世」的閱讀經驗。這篇後記裡，詩人先剖解個人的詩觀。提出象徵主義在詩歌表達上的優越性。這點與我的詩觀極其吻合。那即是詩歌書寫「世相背後的真相」。所以書寫愛情時，不能止於浮筆濫墨，傷春悲秋，而應藉愛情而對存在有所發現。那才是「象徵主義」旗幡下的男女情與慾。詩人感喟，「隨著社會的發展和科技的進步，滿足了物質需求的人們開始對感情更加迷茫起來，純粹的愛情成了一代又一代人心中的無法解開的斯芬達克斯之謎。」後記大量筆墨，闡釋了詩人的愛情觀。四十春秋，是進退失據的關口，浮沉愛海，迷惘於航或泊。正是這本詩集潛在的思想力量。因此造成了詩人筆下的愛情書寫，獨樹一幟。譬如〈等待〉的末節：

你就像是深夜晴空的星辰
越是清晰
和我越是遙遠

等待愈久，印象自是愈為模糊，當詩人努力憶念所愛，人和事逐漸顯影時，那種空間的距離卻更為渺茫。波瀾不驚卻蒼涼無盡，讓人感到良好文字的堅實重量。曾滔的詩，淺白而耐嚼，在一片詩歌難懂的霧霾底下，其在晦澀與明朗間的分寸，至為難能可貴。〈愛情的宗教〉是佳構。全詩九節五十六行。引證了詩人對愛情的發現（思想）和對文字的操掌能力（語言）。真的寫到了愛情繁複世相背後的真相。

太陽永遠不是照在我們身上
而是照在我們心裡

河流不是從我們面前流過
而是激動地叮叮咚咚地
從我們腦海穿過

其他如〈家鄉的姐妹〉的「愛情讓全世界的窗戶／都更加旖旎」，〈選擇〉的「這幾天一直夢見／沒有翅膀的天使從屋頂飛過」，〈激情過後〉的「當霞光成群／成群的麋鹿穿越前額」，莫不精采絕倫。

象徵主義者對愛情，並具情與慾，以尋找存在的意義。曾淯也不例外，毫不忌諱的書寫〈乳房〉。乳房為女性的第二性徵，詩人始於情慾而終於存在的座標。那是詩歌高度的形式。

我們之間的距離
是幽長深邃的峽谷兩岸
高高聳立的那兩座驕傲的山峰
之間眼神的寬度
再加上我們從軟弱到堅硬
又從堅硬到軟弱的
神祕的長度

詩人的伴手書，美國瑪麗・奧利弗Mary Oliver在《詩歌手冊》A Poetry Handbook 中說過，「將肉體的愉悅和精神的好奇緊緊結合起來」。真正詩人心裡自是明瞭，性乃自然一事，與世俗的道德無關。書寫性即便是書寫自然。當然這些涉及性的書寫，應有其思想的刻度。所謂思想的刻度，即是思想的終極點。所有詩人思想的終點，都抵達一個叫「人文關懷」的目的地。

當不少詩人仍孜孜不倦於技法上時，曾滔已然把詩歌的終極放在「思想」上。詩人深明思想的力量才是詩歌往前走的動力，詩人既在陽光也在陽光背後。可以預料，立在前海，南觀汪洋浩瀚，夏來冬去，他的詩會走得更前更遠。

把時間看成一個句式
——陳芳詩歌的語言、空間與時間

詩人陳芳，卜居中山坦州。年初新歲，我曾夥同珠海詩人一起作客他家。那是一片新建的樓房，草木有序，樓宇井然，宜為安家之所。陳芳每天騎著他的摩托，載同妻子一起上下班，如新開發區的普通老百姓，過著波瀾不驚的小康生活。但陳芳不同於坦州一般的老百姓，因為他是一個詩人，卻在生產線與銷金窩間穿梭生活。而他已把生活牢牢紮根在這裡了。

我記得同是珠海詩人步緣，寫過一首〈張守剛離開坦洲〉的作品。步子以其淳厚簡單的詩歌語言，透徹的把一個不甘貨殖、追逐靈魂的詩人，寫的存活起來。我嘗說，文化坦洲因步子這首詩而知名。一個叫張守剛的詩人離去了，一個叫陳芳的詩人卻到來。這是坦洲之幸。步子是了不起的，〈張守剛離開坦洲〉謀篇高明，詩一開首，便拋下震撼性的句子：「張守剛帶著一本詩集一沓手稿頭也不回，離開坦洲」。千迴百轉後，如此的收束，若論詩藝，更乎復何言：

那天守剛擺了酒席叫來詩友

坦洲哭了，遍身是淚

我和夢脂乘摩托車

淌過坦洲的淚河

才見到瘦了一半的守剛

陳芳〈村庄裡的坦洲〉折射出迥然有異的心境，詩起首勾勒出如畫圖般的宏觀夜景：「草垛插在黑色的縫隙／星的尾巴拂在河的臉上」，詩人在入夜時份候車回坦洲，在城鎮間感悟了一種羼雜苦樂滋味的存在，「夜色沒有方向地站著／舉目入線的燈光　晃在小鎮的腰身」，而他的歸宿便是這個叫坦洲的地方。至此我們便明白的看到，詩歌裡所謂「空間」的意義。詩人在最終說：

我伏在一棟八樓的肩上

端詳著手裡印有中山坦洲的一張名片

獨自在醉

坦洲之於詩人，實質意義雖然只是詩人一個安頓之所，但在詩歌創作而言，卻是一個寄存的「現場」，是主客身分互換的感觸。陳芳這首詩，流轉於主客的空間內，用語言去抵禦這種流轉的疲累。評論家葉維廉談及「後現代主義思潮」時，提出「生活空間與文化空間的思索」（見《葉維廉文集第五卷》，安徽：教育出版社），陳芳無疑正以其詩歌進行著相關的反思。

陳芳寫詩多年，晦明風雨間，執著依舊不改，收穫纍纍成果，自有「天假斯人」的命定色彩。寫作要取得進境，勤懇是必要的法門。案上陳芳這一疊詩稿，厚重如今晚的夜色。使人心境也為之沉實。防盜網外的大葉紫薇，把月色篩隔在小區外頭花圃，這裡沒有半點月華，只有詩人的微微發灰了的打印詩稿。

陳芳詩歌予人愉悅的閱讀經驗，因其具有語言的藝術。這種語言的藝術性，我們稱為「詩歌語言」，以區別於「生活語言」。在〈年之惑〉裡，詩人說：「時間在光天化日提著人們行走」（第3行），按我們日常的說法，應該是「人們在光天化日下行走著」。後者陳述了一個人人可見的普遍現象，即是城鎮的白天，人們在街道上行走著。而前者卻蘊含豐盛，因為其帶有詩人的感情色彩在，這至少包含以下兩種色彩：

（暗灰）人們的行走是迫於無奈的，他們往前走，卻看不到明天。

（枯黃）時間是主宰，人們是被主宰著，時間的力量在摧毀著人。

至此，我們便看到陳芳詩的語言，無疑是經得起細微分析的。旅美評論家奚密說：「詩是一種對語言全面的體會和感應，它不滿足僅僅做一個傳達訊息的工具和媒介。」（奚密《誰與我詩奔》，台北：麥田出版社，二零零五年，頁71）陳芳深諳此理，〈黃昏的雨〉裡，詩人竟然說：「遠古的榮譽　像樹一樣閃過」，平凡的詩人在雨中如果興起了相同的感觸，會這樣的寫，「遠古的榮譽　像樹一樣枯萎」，一念天堂，一念地獄，陳芳在這裡，把往昔無量的榮譽，喻以城市間樹木的瞬間消失，其鴻溝落差其尖銳對峙，令人感到語言力量在焉。陳芳正正如此。當許多詩人寫下大量語言力量缺席的作品時，陳芳詩卷，正給予我們巨大的震撼。

陳芳的詩既是悲情的，也是浪漫的，我難以清楚分辨。他鄉的夜詩人反覆難眠，〈夜在他鄉〉的首節，詩人這樣落墨，「樓台虛掩的燈火／讓一個懷鄉的河蚌　躺在沙的軟床／夢了一場魚水之歡」。河蚌懷鄉，但無腳可行，只能逐水而居、而耽擱、而勾留，其懷鄉之情，也只能託於南柯夢境。這當然是一個極高明而道中庸的詩歌之喻。但不能忽略的是這貌似平凡的首句：

樓台虛掩的燈火

要知道連同首句「躺在出租屋的床上」，全詩便僅只有此兩句是寫實的。一繪屋內一描屋外，都屬空間的陳述。詩人深諳布置，巧設此局，想像璀璨炫目中卻暗自牽線，否則全詩語言只是脫韁之馬，終致渺無踪影。

我常以為空間較之時間，對一個詩人來得更為重要。空間的變與不變，在某種意義上都折反著詩人對時間的觸感。故此我喜歡〈陶罐〉是必然的。詩人賦予陶罐破碎的意義，即便是一種對空間的詮釋。而這種詮釋，可解讀為詩人對所處身的環境的一種身分的自我認知，縱然並不認同。詩詠陶罐，二十行一氣呵成，在破碎的空間內詩人擠滿了一切「過往」，那是放不下的「痴」：

雨洗徹時光的縫隙　葉的婉轉
鳥的歡娛　馬的奮蹄
締造了這陶罐一生的痴

無論如何理性，如何竭力的維持一種距離，詩人終究也按捺不住，他意識到自己的在場，終於在第十四行拋下了這兩句：

就是寄人籬下的是我還是一具陶罐
也還是有一片屬於自己的天

那是詩人對空間的介入，他以陶罐自比了。但我要冷靜的指出，詩的最末兩行顯然是「敗筆」。美國詩人龐德說過：「詩人找出事物明澈的一面，呈現它，不加陳述。」（轉引自《葉維廉文集第一卷》，安徽：教育出版社，頁104），詩人已尋到了陶罐明澈的地方，並且極其成功的呈現了，又何苦再添陳述的敗筆：「人或者物　即使殘缺／也有存在的美」。

〈一匹馬與詩歌〉是另一首傑作。「馬」在這裡可以看作是空間裡奔逝不歇的事物的象徵。這首詩語言極其簡潔而內涵卻極其豐富，詩人的收放功力，在此可見。但能夠把這首詩的意蘊提升的，卻是這看似顧左右而言他的三行：

誰也沒有想到
我們離死亡　比一隻鳥
站在槍口　還近

陳芳說：「詩人　總把時間看成一個句式」（見〈哦，詩人〉）。詩人對時間的觸感確應與一般人有所不同，那些消逝了或消逝中的事件，那些奔馳過去或正在奔馳中的馬，如翻過去的書頁，詩人總是置放在窗前，讓風給胡亂再翻弄。「一個句式」是一種述說，詩人把往事舊情看成了是對生命的一種述說，但他所關注的卻是述說的方法，不同的述說方式暗含詩人對事物一種蓋棺論定。在意識到死亡時，一切過眼的馬都不過是永遠的過去，詩歌又能留下幾許！

窗前的大葉紫薇靜沐夜色中，動也不動。忽爾一片葉子辭枝掉落，葉子打在泥地上輕輕發出噗的一聲。這一聲，把這夜晚詮釋得更悠長、更幽深。陳腐的與芳華的，都在詩人陳芳手裡，煥發出迥然不同的生命來。

螢火蟲的亮點
——讀隨風飄詩歌筆記

揭陽女詩人隨風飄（林程娜）有一首叫〈螢火蟲〉的詩。讀後感悟彌深。螢火蟲是一種夜行性的昆蟲，尾部會發光。詩僅八行。詩人淡淡然的述說中，展現了她整個宏大的景觀。

昨夜，看一隻螢火蟲在飛。
儘管光明很微弱，可卻點亮黑夜。
而窗外陽光很好，為何光明卻離得很遠。

我捉住了螢火蟲，卻終於把它放生。
因為只有它懂，這個世界。

螢火蟲飛走了，在下個季節，我還可以看見它。
微弱地詮釋黑夜。

這個世界，永遠比不上螢火蟲的輕盈。

詩有四節，行數以遞減的形式出現。詩句用散文那種語理來呈現。詩人的口吻是微弱而鎮定的。她立在狹小的一個房間內，宣讀了她對這個世界的感悟。而聲音漸弱。生命是沉重的。真正詩人所擁有的世界都是黑暗的。詩是一種信仰，在黑暗裡讓詩人看到模糊的一點光明。螢火蟲的生命是短促的，但其遺下的亮光卻是恆久的。

與螢火蟲的接觸無疑只是詩人生活中一次微不足道的經歷。須知，詩歌是詩人對生活不歇的詮釋，而非其他。這是「詩歌源自生活」最正確的理解，而非詩歌以現實生活為題材。這兩者的落差是明顯的，題材必經詩人的提煉，才有了書寫的價值。隨風飄某些作品，顯然「提煉」的程度不足，而成了經驗的複製。但詩人是懷有驚惕之心，我感她詩句進行中的那種小心翼翼，而令我對她的明天寄予厚望。好像〈溫暖〉，當我們驚疑於那種散文的直白時，詩人忽地省悟起來。她必得努力地介入：

有一些故事在樹上變黃，等待著秋風的清掃。

那些葉上的小蟲，思慮已不多餘，盤算著。

下一站將在何處棲息，或許這將成為詩意的詮釋者。

是方向的一種，被人們一再忽略的原生態形象。

在秋天的站牌下，誰在等待登上一個最真實的自己？

有關詩歌的語言有模糊fuzzy和精確accurate兩大類型。不同的語言詮釋標示了兩種不同的詩學。美國著名詩人燕卜蓀William Empson 1906-1984的《朦朧的七種類型》是「模糊派」的代表理論。這和我國元好問〈論詩絕句〉的「詩家總愛西昆好，獨恨無人作鄭箋」有暗合之妙。但要說明的是，所謂模糊並非源自語言的不精確，而是詩人尋找到詩歌語言的生命。所以有此一說，散文詩是試圖在「模糊」和「精確」間尋出它的平衡點。隨風飄的詩常有閃亮的語言，而這種閃亮，是一種如同螢火蟲般模糊的亮點。試舉一例。

沒有一個哪裡屬於你可改變的領域

黑夜燒傷了無數個自己

——〈回歸〉

「燒傷」是模糊的語言，卻非不精確的語言。因為有火才燒傷，那是科普的常識。火帶來明亮，其物理現象卻與黑夜相悖。因之，詩句至少有如下兩種解讀方法：

（一）每個黑夜，我都感到如火灼般的憂傷。

（二）無數的黑夜來臨時，我都沉淫在憂傷之中。

如能於此有所領悟，即在語言的拿捏中自有心得。這種情況，可視為詩人對存在的一種重塑。這是當代美學的一大課題，也將是詩人面對的一大考驗。

創作以外，隨風飄兼擅詩評。我常有此偏見。創作實踐與理論探究，是詩人在崎嶇詩路上匍匐而行的兩條腿。每一次詩歌評論的書寫，都成為詩人創作上的一次反思。反思帶來自覺，自覺衍生進步。今日詩壇，太多攀爬在苔磚藤蔓間的蟾蜍與蟋蟀，「床前明月光，疑是地上霜」，井床旁踽踽的身影，卻久候而不來。

檻外大雨，讀黃小芬近作

詩人筆尖拾起

濕漉漉的花心

開始為雨

打落的　還有今天，哭泣

——〈自由的雲〉

這是年輕詩人黃小芬的詩句。詩句那種行止的語氣讓人強烈的感覺到詩人的欲言又止。緊閉的窗外是滂沱大雨聲，對面廣場上的行人撐著雨傘，匆匆走往地鐵站。櫥窗玻璃鋪上了一層厚厚的霧氣，城堡的一切都變得浮幻。我想，欲言又止應是詩歌的最佳述說狀況，也是對詩歌語言的一種瞭解。

花貓蜷伏在沙發上，看著露台上搖晃的海芋葉，和雨網外的城區。這個空間內，花貓與人相依，並歇力地與主人維護著一種原始的自然關係。而人卻往往按現實與性情來決定其生活的一切。小芬詩卷裡有涉及貓的，但都並非那種蓄養的貓，而是需要與自然搏鬥的流浪貓。貓眼底下，以兩腳行走的人也屬自然的一部分，當中隱藏許多意想不到的殺機。是以詩的首節如此擺布，但隨即主客易位，詩人回歸一種存在的述說，即我是如斯安然地在自然裡活下來。內涵頗堪咀嚼，反復品讀，味道盎然。

貓
時常在一些人
走進時　走遠

我
愛上和它們擦肩而過
靜靜走過

它們也就靜靜的
和我安然著
走向各自的自己

那是詩人一種對世相的觀察和發現。但若停留於此，則只不過是平庸的思維，詩人進而省悟，人間世裡的愛情，與貓的某些遭遇竟有如斯契合之處。那是一種彰顯了文字力量的詮釋，故讀下令人難忘。僅僅這幾句，便足以傳誦以後：

愛情就像
一隻流浪的貓
路過斑駁的街
車走過
從它的身上走過
它死了

首兩行平鋪如散文，第三行便語出驚人，我第一次感到「斑駁」這個詞語的力量，那真貼合我們眼下蕪雜紛紜的世界。「車」在這裡當然不僅止於一種運輸工具，而是一種機械或說是科技文明的替身。古昔的「君乘車我戴笠」，足以彰顯感情的真摯無瑕，但現代拉近空間之餘又無情扼殺傾心的愛情。這是詩人從貓發現到的城市人對生命的那種無奈。

詩歌只是語言。所謂詩歌的內蘊與語言是一致的。故以坊間的語法修辭來剖析詩歌，尋究其義，未必適當。因為詩歌不必有所指，而為世相的呈現，優秀的詩歌尤其如此。評論家伊果頓說：「（文學）可能使用奇異的語言，彷彿是要彰顯事實。」（見《文學理論導讀》，泰端・伊果頓 Terry Eagleton 著，吳新發譯，台北：書林出版社，1993年）小芬詩卷，語言雖未臻佳境，卻也不乏奇異的新鮮口味，脾益腸胃。詩歌是語言的藝術，讀詩就是品嚐語言藝術的盛宴。下面四個句子，語言因奇異而陌生，令我聯想到甜酸苦辣的不同。現實裡雖非可能，但又卻是不爭的事實。且看：

一盞路燈掉進雞啼的黎明

——〈輪迴〉

時間開始把我們蒼老了……

——〈對於過去，我們開始以「很久前」開頭〉

月光把黑暗砸成一口井

從此遺落千年

——〈空缺〉

把靈魂一一倒掛

倒掛在樹梢上

——〈蝙蝠〉

小芬既寫分行詩也寫分段詩。分段詩也有稱為「散文詩」Prose Poem的。有關散文詩文類的問題，可以看作是白話詩形式上的問題。早年台灣詩學把現代詩分為「分行詩」、「分段詩」與「圖象詩」三者，專門就詩歌的外在形式分類。圖象詩偏於文字遊藝，而遠離詩歌語言。散文詩尋求的是詩歌語言上呈現與述說間的平衡。對詩歌語言沒有半點修為的詩人，不宜輕率為之，落入矯揉空洞之窠臼。省悟的詩人明白，寫散文詩就是寫詩，而非寫故事，更非等而下之追求偽裝的溫情和意境。且看小芬的〈一棟癱在風中的房子〉，命題已是非凡，節約的述說更見天賦的優越：

近處，讓一雙腳帶向遠方。
一扇開開合合的記憶，終於關上。
一夜時間風撞開一口窗，放出一棟房子的思念。
時大、時小，又呼、呼、呼的從那窗出走。

有良好的述說能力的詩人，才是真正懂得詩歌的語言。只知抒情的實非優秀詩人，其理明顯。因為抒情為有意識驅使語言為其所用，以渲洩其情感。而述說即是藉文字重現世相，其層次不同。約翰・艾里斯John M Ellis曾經說過，文學如同雜草。其意思是，文學並非特定的事物，而是人類出於某種理由無意留存的。好的述說文字有時因其條理相對明晰，有類於散文句子，這才是散文詩的所需要的語言。魯迅把他的散文詩集取名《野草》，其理深焉。這也說明了一些看似平平無奇的散文句子可以塑造出無限詩意的原因。好比推窗外望，一片綠油油的美景。述說能力是優秀詩人最終回歸的語言狀態。小芬年輕，當然未悟此理。但詩卷裡卻常見她穿越花言巧語，回歸淳厚真情：

寒風落盡
歲月狂瀾
取一歲月
搓成毛線
在油燈下
織成一件毛衣

小樹在日日裡向上竄長
毛衣一拆再拆
一改再改
直到
毛線打結成繩

——〈舊日子〉

沙發上的花貓弓起牠的身，緩緩走往堆滿書籍的牆角。檻外雨聲不絕。海芋全身濕透，在燈火下呈現閃亮的翠綠。這幾年我與一頭花貓同居，相依而對立，但牠卻毫無疑問成了世界組成的一部分。因為牠的存在，令我對世間有了不同的思想和看法。因之我極喜歡小芬詩卷裡這首詩。和一隻貓對視，是每天必有的生活行為。因為花貓和詩歌，我感到生命的與別不同。

> 我沿著台階向上，抵達一個平面。
> 一隻貓，正沿著高出的瓦檐走來，停留，和我對視一秒。
> 明月頂著一圈白，就掛在未黑的天上，停留在貓的頭頂上。
> 我就看見了自己以及世界，就縮小在它墨色的瞳孔裡。
> 它一眨眼，我就從世界消失。
> 它也不再管我，就趴在頂端睡著了。
> 時間就把我從昨天帶到今天。
>
> ——〈和一隻貓對視〉

小芬詩卷也有平庸作品，但她於詩的進取，我掩卷而深深感到。詩歌於真正的詩人而言，既是語言，也是態度。我忽然想起村上春樹《海邊的卡夫卡》裡面的貓。能說人話，自然能夠和人溝通。而我和小芬的貓，卻不懂人類話語，如果能因此彼此有所領悟，即便是超越語言，而為存在的態度。近讀李潤霞〈在喧囂中尋找詩歌的路標〉（收錄於《九十年代以後》，曹成杰、李少君主編，海南：南方出版社，2006年），有這樣的話：「詩人對待詩的態度就是詩對於詩人的態度，一個詩人對待詩歌的態度是認真執著的還是玩世遊戲的，是把詩歌當作情人還是玩物，是與自身生命相關的還是只是一時之感興，一時之應酬，其結局是不一樣的。」因之我看好小芬明日的詩歌，自是必然！

淺說萊耳的愛情詩

萊耳的詩帶給我冷熱可分的感覺。她的文字如一堵牆，牆外是寒冷的曠野，牆內則是熾熱的空間，聰慧的讀者才能穿越她的文字，進入溫暖的空間內歇息。印象最深刻的是那首〈最堅定的雨都不能抵達〉。段落參差的十九行裡，詩人訴說著生存的「絕對孤寂」。這種「絕對孤寂」並非無朋無友、孓然獨處的孤單，而是一種「語言的局限」。則人總不能尋出完全明白地訴說自己的感受，這是人類生存的與生俱來的悲哀，也是文學永恆存在的原因。

極少新詩帶給我如此強烈的震撼，詩人以獨特的文字，搭建出一個房間。我如躺臥其中，泯滅了讀者、作品與作者的距離。對愛情堅定的人已不多，詩人卻說，最堅定的雨都不抵達。全詩如下：

在一次沐浴的過程中

溫暖而潔淨的水順利地抵達到我的傷口

那些新鮮的皮膚
在抑壓不住的生長裡　寸寸突破
像一種與生俱來的植物
植物的胚芽於泥土的突破

而溫暖而潔淨的水
是一場堅定的雨　或者一場大火

其實最堅定的雨都不能抵達
那些永遠都不能如期的關於疼痛的訴說
而這次溫暖而潔淨的沐浴
就這樣輕易地抵達我的傷口
我捂住我的傷口
像捂住一朵容易枯萎的花

最堅定的雨都不能抵達的
那些深刻的泥土　在語言的風化過程中
語言最終都沒有改變它逡巡的角度
所以　語言
最終都沒有能逃出風化的結局

來自創作經驗的某種詩觀，使詩人自然而然地忽略詩中的某些小節。萊耳擁有迷人的慵懶，這種慵懶使得她的詩有著獨特的風格。仍參悟不了寫詩是其麼回事的詩人，會斟字酌句來雕塑他的「製成品」，而那些若從胸臆裡自然流露出來的作品，美得巧奪天工。第二節第一行「而溫暖而潔淨的水」，在錙銖計較的詩人眼裡，會嫌棄兩個「而」字的瑕庇，運用其小聰明改成：

「溫暖而潔淨的水」，或
「而溫暖潔淨的水」

另一種是高舉某主義的詩人，會不屑第二節第二行的「是一場堅定的雨　或者一場大火」的意象，認為其平平無奇及不統一。他們不能掙脫語言的囚籠，不會明白「水」、「火」的哲學同義。萊耳曾在某個詩會上朗誦她的舊作〈今夜，梅花回到紙上〉。詩人在病中懷念她的舊情，凄美無比，但以冰冷的解剖刀來雕塑。

你來，梅花就開
梅花還在山上，根深枝密

梅花還在，冷豔亭邊，去年的
香氣，已經被湖水細細捻碎

隔著山坡，隔著午後，梅花回望
一隻鳥擦過另一隻鳥

然後就碰到山後的流雲，梅花
就碰到一生的墓碑

今夜，梅花成一抹濃豔的血
偶然間回到紙上，放縱

你來，梅花就開，用一些
祕密的口紅，用一隻耳朵

咬著另一隻耳朵，用漸漸冷卻的
睡眠，今夜，梅花回到紙上

病中念人，自傷身世，是人生最淒涼的事。萊耳無浮泛的濫詞，她明白創作情詩的竅門，是不能讓過多的傷感泛濫於空間。第

三、四節真好到不得了，一個偶然的緣分降臨卻結束了另一個緣分。餘下的五、六及七節，萊耳開始節約她的傷感，以「冷」筆法處理她的「熱」懷念。把傷心化作詩行。

今年初春，我曾在深圳的兩個詩會上遇上萊耳，她是那末沉靜的掛著牽強的笑意，總是把自己安放在一個不為人注目的角落。萊耳在給我的電郵中說：「任何文字之出來必跟藏於文字之後的東西有關聯，無論是虛構或者寫實，詩歌尤其如此。我喜歡不動聲色並且簡約的文字，不愛喧囂。」萊耳是不動聲色的，但卻不會茫然若失，我常疑惑她非常專注地留意身邊的人事，並且作出簡約的評價。

〈陽光擊中一隻橙〉透露出萊耳對生活和對文字的敏感，這對詩歌創作來說，是非常重要卻又為人忽略的。現時詩歌創作「習以為常」的情況是，詩人追隨某種熟練或不熟練的技巧（潮流主義）來經營一篇作品，連本身也惘然不知訴說著甚麼，因為他們既不是緣於心裡實際的「感覺」，也欠缺對文字的「敏感」。而，穿梭自如卻是萊耳這種詩的最大特色，我們看到萊耳如毫無難度般陳述著她的私人事件及抒發她的感受。我偏愛詩的最末兩節：

午睡後我醒來，穿越昏暗的過道

橙凹陷的部分擊中我左臂，在火熱的夏天背後

光線觸不到的地方，我服葯，飲水，數一數
這該是第19粒葯片，暗紅色，橢圓。玻璃杯露出純淨面容
細菌的繁殖使這個夏天看上去與眾不同，而橙

快要從桌邊掉下來了，橙不懂得危險，越出規定好的重心
橙說我要出去散步，坐末塗上新漆的火車，找涼爽的秋天和樹林
橙快要從桌邊掉下來了，橙在等一把刀，抹上今年新釀的蜜
然後打開香氣，你信不信？你，信，不信
橙在等一把刀，切，割

萊耳詩的數量偏低，但卻少有的都是好詩。在上下班的地鐵列車廂內，拿著她的一束詩稿往來細讀，我寫詩評，也總愛挑剔別人的詩作，並常暗自為自己的作品傲慢起來，但翻來復去，竟尋不出萊耳詩作的敗筆。萊耳有一首短詩叫〈寶貝靜物〉，那種筆法叫愛詩的人沒法不陶醉的，沒有生吞活剝的潮流主義痕跡，但有出之自然的技法和那種屬於詩的生命流露。詩前後映對，世間上最好的情人相處，我想不過如此吧了——給情人甜死是不是也心甘情願？

碩大的蘋果

堅硬的梨

圓潤的水蜜桃的底部

一隻危險的酒瓶

細小的花瓣

蝌蚪一樣的花瓣

陽光在灰塵下面休息

一隻昆蟲的屍體

「我要讓這個瓶子是白色的，

白得不能再白」

「我不用花瓶裝花，

我要用酒瓶」

「我要在刀子上面多抹點果醬，

甜死你」

【新加坡篇】

新加坡詩人舒然作品

賞詞及詞外
——略談舒然詩裡的詞語

我們可以從三個角度去鑒賞一篇白話詩，即「賞詞」、「賞句」與「賞篇」。有一種評論法叫「看樹看林」，則是對作品具有局部與整體的藝術審美要求。但評論家一致認為，完美無缺的作品並不存在。更為精準的說法是，「沒有無可指責的作品」。法國批評家朱爾·勒梅特爾在批評莫泊桑的小說時，說「在一個並非完美無缺的流派中，其作品幾乎是無可指責的。」[1]有句無篇或有篇無句，已是對作品一種極高的評價。

這個週末滯留於城東，午後訊息寂寥，隨手翻讀新加坡女詩人舒然的詩作。2016年夏暑我曾造訪馬來亞與新加坡，並參加了當地一些文藝活動。因而認識了舒然。她給了我詩集《以詩為銘》。在

---

1 見徐紅〈莫泊桑短篇小說創作的藝術特色瑣談〉。刊《河北大學學報哲學社會科學版》，1988年。

這本淡雅的詩卷後記中，舒然說，「遊走詩歌與藝術，穿行原鄉與熱土，在故鄉和信仰之間的旅行，是我對自己詩歌創作的真正解讀。」[2]詩人現身說法，為讀者懸掛了閱讀她早期詩作的夜燈。

爾後我陸續地在臉書裡讀到這位風雅女子的詩篇。大多語言清幽，棄濃妝豔抹而就恬淡質樸。在語言的措置上常予人亮麗和驚訝。其詩一如其人，可以「風雅」二字概括。「風雅」為一自內而外的學養與氣度，與庸脂俗粉恰恰相反。在詩歌面前，太多裝模作樣的書寫，而舒然卻在茫茫然的文字迷宮裡與紛紛然的名利場中，保持著一份舒泰自若的心境。她的詩緩慢、不慌不忙，最終若停靠在一個寧靜的小鎮上。

〈金色時光〉首三行寫銀杏樹林。「銀杏樹丟下一片片金黃的秋天／所有的冬日，都站立了／它們再一次以死亡的方式相擁」。其精采之處在「站立」一詞。季節在詩人眼裡，形象地站立起來。我常以為，世間秩序在詩人眼底是另一回光景。季節既站立而又相擁，並使人有「死亡」的感覺。可以透視詩人此刻的心象。與傳統「春日不遠」書寫完全是另一種秩序。這無疑是歐陽修〈秋聲賦〉「草木無情，有時飄零」的現代版本。

2 《以詩為銘》，舒然著，新加坡：錫山文藝中心，2016.4. P.126-127。

同是寫季節的變化，〈秋日幻覺〉更為奇幻，末節如此鋪陳，「於是，土地喊叫著／在我的身體上題字吧／癸巳年秋月，穀旦」。「穀旦」，即良辰吉日。為古時題字匾或碑上，下款常用的實用文詞彙。詩人說，在我身上題字，意即肉身歸故土。故而這裡的「穀旦」應書於「墓碑」之上，而同樣有「死亡」的含義。當詩人置身大自然時，感到死亡是可以觸摸的。這是詩人對存在的一種領悟。如此書寫死亡，我想及諾獎詩人辛波斯卡的〈雲朵〉：「讓想存活的人存活／然後死去，一個接一個／雲朵對這事／一點也不覺得奇怪。」[3]這兩首寫死亡的詩，同樣指涉大自然。不同的是，面對死亡，辛波斯卡猶如旁觀者，那是對死亡近乎無情的嘲弄。而舒然卻懷有傳統儒家的喪葬情懷。這是中西文化之異。故而「穀旦」一詞，用的絕妙。發黃了的古語在現代詩裡，賦予生命，妙用如此，並不多見。詩人才技，由此可見。

另有一首〈生薑酒〉。形式4-4-4，中間一節竟有如此句子。

我們吃大雁的肉
吃它遠行的理想

---

3 見胡桑〈辛波斯卡：為細節賦予神祕力量〉，刊2015.11.9《華夏詩報》。

我們看遊弋的蛇行

兌換成你腰際的舞蹈

吃大雁的肉原是庸俗不堪的粵地風俗「吃野味」。首行寫老饕們追逐慾望的鄙陋，毫無半絲詩意。而緊接而來的，卻是「化腐朽為神奇」的魔法技巧。我們不得不佩服中國文字的神奇。俗事一經詩人品題，即成雅興。自然而然的，詩中的「遠行的理想」可以配上「吃」一詞，其精妙若此。下面兩行，描寫友人的纖腰，曲盡動感與美態。「兌換」不同「想像」，在這裡卻更為精準。一般而言，前者為經濟學詞語，後者更貼詩意。僅僅一詞的取捨，便即詩家超凡與平庸之別。四行細細品味，更覺滋味入心。

臺灣評論家張錯在詮釋文學修辭技法時，這樣解釋「獨白」，「soliloquy為monologue之一種，二者都是獨白。但soliloquy多是一人在臺上自言自語，而被人偷聽到，有私下自白的意味。詩人艾略特最喜歡這種被人竊聽到的自我傾訴，列為詩的三種聲音之一。」[4]舒然的〈我們再相見，好嗎〉共四節，8-8-6-5行，首行均出之以獨白，而話語愈短。暗喻了她的期望落空。起初對緣分的

[4] 見《西洋文學術語手冊》，張錯著，臺北：書林出版社，2005年。P.271。

盼望，設想很多。詩人想與相愛的人再見，一起「聽曲」、「看戲」、「品茶」、「遊山」、「渡冬」，那便即一生的相聚相依。而現實給予她卻是殘酷的。末節，詩人茫然地寄託於前世或來生，她說：

> 我們再相見，好嗎
> 我們牽著馬，不知不覺
> 又走過了幾個朝代
> 不知不覺又走過了好幾個
> 五百年

詩人明瞭，這樣類似「獨白」的內心書寫，才更能觸動人心。西洋文論本來就有這種說法，即，所謂詩歌，本來就是詩人洩露天機，自言自語而無意中為人所竊聽。當情根深鑄現實中又不能如願時，便只能寄託於茫然，這是一種自我的治療。而真正的詩歌，便具有這種自我療傷的功能。

〈種春風的人〉節拍流暢動人，通篇都是平凡的詞語，卻因著一個「種」字而活而新。詩節參差，猶如情懷的錯落。特別喜歡這些蘊藏深意於簡潔詞語中的詩風，與我雕縷極致的迥然不同。「種在未知的江湖／在夜雨中／在燈火裡／在十年以後」。令人喟然而歎。詩人感懷，因聽曲而起，但迂迴之後，詩人守不住情懷，結局便失之於直白。末節四行，我認為第2與3行均可刪去。

種一縷春風吧

種一些祝福與希望

種一些寧靜與安詳

像當初種桃種李一樣

〈六月，以詩為名〉的「葉子豐腴著，骨頭開始泛白」，〈周年〉的「在太陽底下／翻曬每一行詩的酒氣」，〈葉子與影子〉的「葉子走過冬天／重生如向日葵的素顏／枝椏依舊／疼痛在原地等候」等等，無不詞語出奇可賞，反復細嚼而韻味悠長。

舒然善於用詞。而因其詞巧，往往成就警句，又因其句之精警，故常有佳篇。其詩與其人，均可觀如此。關山難越，失路之人得閱其詩，特為文以記。

柔美的詠嘆調
——讀昕余愛情詩

個人網路上最近常見新加坡詩人昕余的作品。詩歌的風格與台港頗有不同，可以「柔美」二字概括。

風格與個人氣度和閱讀學養不可分割。詩歌我一向主張語言優先，而語言簡單而言，就是一種述說的方式，而非咬文嚼字。柔美的詩歌，在市場上會擁更多的讀者。就好比大陸的汪國真與臺灣的席慕容。我雖不清楚新加坡詩壇，估計昕余的詩在當地應受歡迎。

另一方面，昕余詩歌以詠嘆愛情為多數。愛情為詩歌恆久的母題，古老而煥發新的光華，故歷來愛情詩都是詩國的強藩大宗。抒寫愛情，昕余應是個人平生經歷的映照，故而樂此不疲。愛情詩的好與壞，在於對愛情的「發現」，這猶如對生命的發現一樣。否則盡是「身無彩鳳雙飛翼，心有靈犀一點通」或「紅樓隔雨相望冷，珠箔飄燈獨自歸」，便掙脫不出前人的窠臼。所以愛情詩其貴在「生命中新的發現」，其結合悲傷或歡娛之外，更有對存在的省思，包括救贖。

愛是葉子刀。愛情帶給我們的是悲喜交雜。在昕余的詩歌中，也如實地反映出來。〈秋千〉的「我／在秋千的這邊／你蕩一下看看／是不是可以吻到我的臉」，其俏皮浪漫，與〈一片等雨的胡楊樹〉的「淚／已成箋／只能寄給你一片無雨的蒼茫」的悲傷無助，自是大異其旨。愛情詩的這兩個宣示猶如兩面敵對的旗幟，各自迎風，而從不曾決戰。換句話說，悲喜的書寫都無妨成為佳構。

昕余的愛情詩是歸屬於湖畔詩派汪靜之一路。汪靜之被認為是白話愛情詩的「鼻祖」。愛情詩要動人，首先要「真」。喜歡昕余的詩，是因為其誠。試看〈那粒剛剛發芽的種子會受傷〉：

愛人呀
我的盼望已經長成森林了　如果你再不出現
森林就會燃燒
那粒剛剛發芽的種子　會受傷

意旨顯而易見，但其情真意切又是那麼動人。讓讀者感到詩人發自內心對愛的呼喚。另一首〈那一夜必以我的殉難命名〉，更是「雖九死而猶未悔」。詩帶來了極大的震撼：

如何可以知道跋涉的盛放與枯萎

掏空所有的思念

點燃不滅的蠟燭

任淚的執著滑過生長　雕塑靈魂的渴望

還有比寒冷更熾熱的灼燒嗎

那就是我的眼睛

以冰封投出最刺骨的光束

融化追逐的悲情

那一夜

必以我的殉難命名

墓碑

也不會比我的赤誠更沉重

「還有比寒冷更熾熱的灼燒嗎」，真正愛過的人，自能體會這種孤獨時比寒冷更熾熱的灼燒。詩人是千古傷心人，其筆下愛的創傷，不能言喻。詩或許只道其萬一。

其次，愛情詩還得有「現代感」。臺灣詩人洛夫在詩集《眾荷喧嘩》的序裡說：「（廣義的愛情詩）為有情人的耳語，寫詩的當時，也許心中只有某一個固定的讀者，但其中的情感已經普遍化了，其形式已成為藝術品，已提升為廣大讀者共同欣賞的物件。」

比如與詩集同名的詩，便有「眾荷喧嘩／而你是挨我最近／最靜，最最溫婉的一朵」的意象語。其他如〈唇〉也是。這便是「現代感」的一種。昕余寫等候的人不回來，同樣有「雲下的影」這種奇特意象，詩題為〈屋子裡下雨了，你還沒有回來〉：

沒有消息
抑或是真的有消息
天上的微雲你說是你的影
裁了無數段掛在門楣
屋子裡下雨了
你還沒有回來

對愛人苦候，消息若有還無。那是一種牽掛之苦。詩人只能把門楣上的雲看作那人的身影。但令人悲傷的是，下雨了，雲影消失而音訊渺然。詩有新意，情深耐讀。

聶魯達的《二十首情詩與絕望的歌》（臺北：大田，2000年）寫出了愛情的本質，妙語警句，為人傳誦，此處不贅。李宗榮在譯者後記〈愛是最溫柔的暴動〉裡，引用了聶魯達在自傳裡談及這本詩集時的話：

> 這是一本悲痛的詩集，充滿我年輕時最折磨人的激情，以及我南方家鄉迷人的景致。我愛這本書，因為即使它充滿如此多的憂愁，生命的喜悅卻又如此活生生地表現其中。

愛情詩記錄了詩人生命成長中的創傷。但刻度深的愛情詩作，會同時為我們帶來救贖，拒絕沉溺於悲傷。我讀到詩人昕余靈魂裡的傷痛，我希望下一本詩集裡，看到她終於在愛海裡尋到救贖，省悟生命的本質，一如我國的何其芳，智利的聶魯達。

【雙城詩選序與跋】

新加坡詩人舒然作品

風過松濤與麥浪
——《風過松濤與麥浪——台港愛情詩精粹》[1]後記

執筆寫這篇後記時，連掇地想到一些人和事。首先是已過身的香港詩人方寬烈。他生前編過一本叫《情詩三百首評釋》的書。書成之際，邀我作序。我寫了〈每一首愛情詩都是獨家版本〉。當中說過這樣的話語：

> 愛情詩是詩歌的強藩大宗，但好的愛情詩罕有難求，卻是實情。那需要詩人心靈的無礙，又不受世俗繩規的約束。至情一有雜念，便跌落在生存的泥巴之中，思前想後，計謀算策。所以真摯的愛許多時只存在一閃念間，那一閃念便是

1 《風過松濤與麥浪——台港愛情詩精粹》，秀實、葉莎編，2016.3.，台北釀出版社出版。

永恆。好的愛情詩，就是詩人用他的文字逮著這一閃念。

歲月飛快，如穹蒼的彗星，如陡溪的急流，非但令容顏寥落，河山也會色變。惟有當日存留的真情摯愛，有幸藉文字而存留。詩人說，文章不朽之盛事。當中也必然包括這些閃念的璀璨！

今年三月七至十二日，我出席了「第八屆東南亞華文詩人大會」，遠赴緬甸仰光。得與台灣女詩人葉莎相識。彼此言談甚歡，志趣相近。幾天下來，竟聊到編輯一本《當代台港愛情詩精粹》的事來。葉莎是「行動派」的才女，在她的督導下，輾轉三個月內，全書便已定稿。多個極深沉的靜夜，困在海隅的一個狹小房間內，我在電腦熒屏前讀著這些「對愛的叮嚀與呼喚」，感慨萬千。在偽善與冷酷的世相裡，我觸摸到人心尚存的善良。詩，不必刻意求什麼技法，當情臻至善，形式自成，猶如風過松濤與麥浪，其聲必美。

無人不知的智利詩人聶魯達名句：

Love is so short, forgetting is so long.

愛情如此短暫，而遺忘太漫長

這位1971年諾貝爾文學獎得主寫過許多不朽的詩篇，而最為人熟悉的，卻是一本薄薄的西班牙文愛情詩集《二十首情詩和一隻絕望的歌》Twenty Love Poems and a Song of Despair。上引名句，即便是出自這本詩集的最後一首。詩題為〈今夜我可以寫出最悲傷的詩句〉Tonight I Can Write。詩的第一行是「Tonight I can write the saddest lines」，中文的詩題一般也便隨第一句翻譯而來。詩歌，為這愛難遺忘作出「背書」endorsement。

都說愛情是人類獨有的精神文明。我相信「愛」只是過程，一抵達終站，便得摻入現實的成分。愛如翅膀而現實如雙腿，雖同為一雙一對，前者可翱翔而後者只能徒步。隨著年華漸逝，對愛情，我方才稍有所悟。真情之內，非單有「愛」，更應包含著精神上的擔心與肉體上的憐惜。孤立著愛，那只是一種如私產般的佔有，結合勢利的現實人心，自不會長治久安。

夏至過後，香港東面的天空，迎來了藍天白雲。人間世是如此沸沸揚揚，人心是如此浮躁不安。真愛難覓，我說過，對的人 mr.right 三生方才一遇。若我遇上，定必有詩，而且會是那「風過松濤與麥浪」般的天籟聲！

以觀滄海
——《大海在其南——潮港詩選》[1]序

潮州相距香港六小時車程，位處粵地東隅，是古城。這些年，這個古城留給我最深刻的印象是她的街道、樹木和小吃。當然，還有遊走於那裡，以黃昏為祭酒的一群詩人好友。

最初認識潮州，是在台灣唸大學中文系時。那時有一科叫「唐宋文」的。因此讀了韓愈的〈祭鱷魚文〉。文中有這幾句：「潮之州，大海在其南，鯨鵬之大，蝦蟹之細，無不容歸」。當日，韓愈在惡溪（今韓江）邊開壇祭鱷，設限七天。據說鱷魚也真的聽從刺史的話，離開潮州，流徙於屯門山（香港），並輾轉到了暹羅國（泰國）。後來韓愈途經屯門山，並在其上刻寫「高山第一」四個字。大海為媒，這應是香港和潮州最早的因緣。「潮港詩選」取名

---

1 《大海在其南----潮港詩選》，路雅、秀實、黃昏、丫丫編，2012.8.，香港紙藝軒出版社出版。

《大海在其南》，推源探本，有深意在焉。

潮州也是韓愈筆下「夕貶潮陽路八千」的那個「雲橫秦嶺、雪擁藍關」以外的濱海城鎮。一零年夏暑，因為參加詩歌活動，我作客潮州韓山師範學院。並由黃昏引介，認識了那裡的詩人群落：培浩、冷雪、翁義彬、向北、余辜、阿七、澤平、且東等等，而丫丫早已言談往返於網路上，小衣則來自汕頭峽山，和世賓都已在廣東詩人的聚會裡幾回碰面。

詩會完結後，丫丫和我有了出版「潮港詩選」的構想。我們議定，潮州和香港各選出十二家，結集成書。以誌潮港詩壇的因緣。這是我繼《燈火隔河相望——深港詩選》、《無邊夜色——寧港詩選》後的另一本「雙城詩選」。香港和潮州都是歷史名城。潮州歷史源流早，至今仍保留一個古城的風貌，晴明風雨下的廣濟橋和開元寺、悠長夜晚人面髣髴的牌坊街和狀元樓、乃至晨昏光影曲曲折折的大街古巷，一攤一檔，一樹一木，隨時可以尋覓到那種發黃的書卷味。香港其後有了獨特的境遇，踏上了拐角，成了一個殖民城市，也同時造就了繁華的自由商埠。維多利亞港兩岸高樓廣廈，眩目七色，璀璨華彩，黝黝的黑夜中照耀在南中國海邊緣。

但無論潮州的古風和香港的現代，都有詩歌，都擁有一個如天壇般的詩壇。在現實而冷漠的城市裡，讓失落了的心靈有著磨擦的溫度。藉著詩歌，詩人尋找到那種陌生了的細節，尋找到那種疏離了的存在，一卷詩歌，猶如一卷經文，有情有義的紀錄了地域和時代的今昔。詩人的成長不同，遭逢各異，性情有殊，學養偏嗜，其詩歌的技法與心法自然各呈其貌，詩歌選集便是一本面譜，共同把生命的本質湊拼出來。

一個人使用
各種各樣的樂器，為自己
伴奏，唱出自己的命運
一個人一生
千方百計，活在
自己設計的圈套裡

——黃昏〈唱詞〉

……但我，寧願低眉，寧願
用心血，點一盞燈，我讓那紅燄
照著枯魚，照著跛鼈，照著
自欺者在稀泥上，走自己挑的，
這無盡頭的夜路。

——鍾偉民〈以詩論詩〉

一二年春節假，友人和我驅車東行，車子沿著大海邊皮奔馳，背著落日，晚上復又到了潮州。初二傍晚，蒼茫暮色中，我立在祭鱷亭上眺望韓江。江水滔滔流向大海。那時節，寒風正凜，木棉樹仍未著花，古城橫街窄巷的燒烤攤檔和咖啡店燃著燈飄著香。潮州的那群新詩人熱情的離合著、歡鬧著，但歲月總是沉澱在許多的人與事之後，真正的詩歌給了我們浮躁之外的寧靜，也築構了詩人間的真摯情誼。這是詩歌在生命中沉默無聲的力量，它在歲月中慢慢滋長了一種如同木棉般的燃燒的歷程，熾烈時如柴枝之向上火燄，收斂時如木炭之遍體通紅，往復如是。生命會歸向終點，而真正詩歌的誕生，令我們永恆地存活。我靜待著這個夏日，因為《大海在其南——潮港詩選》將會出版，如木棉花般，燦爛地恣意地，開花，結果，飄下棉絮……

我想起了張若虛〈春江花月夜〉的「春江潮水連海平，海上明月共潮生」，我把「春江」改成「香江」，立在天涯，以觀滄海，汪洋浩瀚，無涯無邊，詩的襟懷如海，可以牽連千里迢迢以外的兩個城市。香江潮水，《大海在其南——潮港詩選》是其華麗見證！

無邊夜色
——《無邊夜色——寧港詩選》[1]序

零三年我和「詩生活」網站站長萊耳合編過一本《燈火隔河守望——深港詩選》，由阿湯圖書出版。面世之後，深港詩壇都暗暗叫好。平情而論，這種「雙城詩選」對促進兩地詩壇的瞭解和發展，有一定的幫助。詩人因為居住城市的文化差異或相類，詩作便有著面目不同的呈現。詩歌在城市裡，猶如罕見的稀有動物品種，需要保護。而保護詩歌的責任，不能依靠政府，而落在每個詩人的身上。編詩選出詩刊，辦詩歌活動，我都看成是一種「保護詩歌」的正義行為。

因為歷史的因素，香港不幸成了西方帝國主義的百年殖民地。如今噩夢甦醒，一切都應煙消雲散。詩人立在這個歷史的轉捩點

[1] 《無邊夜色----寧港詩選》，子川、路雅、秀實編，2011.6.，香港紙藝軒出版社出版。

中，對詩歌存在的思考是必須的。詩歌是語言的藝術，藝術是心靈在一個獨特時空內的呈現。良好的詩歌，要求很妥善的呈現出存在的困迫，且一定是困迫，因為那才是真實的。那是生命的本質，給詩歌來戮穿，暴露於世態之上。

香港和南京是我國兩大城市，同樣具有與眾不同的歷史。南京這座遍地金粉的王城，回首往昔，真令人感到親切和喟嘆。一彎秦淮河，一條烏衣巷，一個下雪的冬日，一場詩會，便有道不盡的滄桑。從前讀毛澤東詩：「鐘山風雨起蒼黃，百萬雄師過大江。虎踞龍盤今勝昔，天翻地覆慨而慷。宜將剩勇追窮寇，不可沽名學霸王。天若有情天亦老，人間正首是滄桑。」與中唐劉禹錫的〈西塞山懷古〉前後映照，歷史感同樣沉重得令人喘息。南京就是那麼一個沉厚的都會。

我路過詩詞中的南京，在零二年冬。為的是參加一個詩會。因為工作，只能一個人坐飛機遲一天抵達南京。趕到下塌的酒店時，大夥兒已經出發到了蘇北的淮安（即唐詩中「酒酣夜別淮陰市」的淮陰）。我徬徨無計，接待員遞來一張便條。是詩人井蛙和天外留給我的。說他們在等我，已拖延了半天才出發，現在等不到我，只有離去了。我一看手機，他們才離開半小時。我給井蛙打電話，他們的車已過了長江大橋。井蛙說，我們在橋的另一端等你。我因之才可以參加這麼一個盛會。但匆匆的南京，便只看過陰霾欲雪的長江大橋了。車北行往淮陰，雪飄在擋風車窗前。天暗暗的，荒涼遍野。八時許終於抵達淮陰。和大會會合。當晚是聖誕夜，淮陰市瑞雪降下，我們四個來自不同地區的詩人，透過咖啡廳的落地玻璃窗，看十字路口疏落的人在雪花飄飛中走過黯淡的路燈下。其後詩會輾轉各地，最後到了水鄉周莊。周莊不用說也不能說，美得中外聞名。但最後一晚我和井蛙、天外、王濤四人便離開周莊，驅車到上海去了。在外灘蹓躂，登東方明珠塔，逛南京東路。繁華享盡，我們便蟄居在徐家匯的一間小屋內度夜。我記得那個子夜時分闖進來的模特。她塗擦胭脂的唇叨著香煙，用桃紅的指甲剝開花生。煙圈瀰漫中真說不盡多少人間煙火。明午我才告別所有人，獨自從上海乘火車回南京去。

重回南京，網絡詩人如箭在弦已在站外擎牌相候。那是井蛙給我的妥善安排。她囑託《揚子江詩刊》主編子川。子川因公出差，把此事託付予如箭在弦。我下榻秦淮河畔一間旅館。八時半，子川從外地趕回，逕來與我謀面。我和他在麥當奴內談了半個夜晚，話多投契。子川與我同年，但臉容鬢髮較我滄桑。因為滄桑，詩就寫得較我的好。子川走後，我一個人在秦淮河畔的咖啡館枯坐到凌晨二時。整個南京城都沉睡了，只有秦淮河隱隱的湧動著歲月。我忘不了這一個人的秦淮夜晚，從打烊的咖啡館推門，拖著瘦長的影子，在路燈下朝旅館緩緩走著的光景。此後回港，井蛙的事令我們操心了好一陣子。但我和子川卻一直保持聯絡。《揚子江詩刊》也發了個「香港詩輯」。去年夏末，子川因事來廣州。他特地轉來深圳，安排了一個晚上和我碰面。我們在國貿旋轉餐廳吃飯喝酒，兩個外地詩人並肩看深圳的無邊夜色。然後再回到他房間內聊了好一陣子。他提起了《燈火隔河守望—深港詩選》，說想編一本《寧港詩選》。此事也就如此輕易敲定了。子川是個令人敬佩的詩人，踏實嚴謹而勤奮，與他同做一事，是痛苦並快樂著的。

《寧港詩選》的具體細節我們在郵電中進一步落實。子川工作效率高，年底便完成了南京的詩稿。我在香港耽誤時日，年來歲去，到春深才敲定了十五家：陳德錦、路雅、陳慧雯、關夢南、林浩光、阿藍、陳昌敏、洛楓、李華川、鯨鯨、廖偉棠、舒慧、施友朋、吳美筠和我。這裡十五家香港詩人的作品，大體而言都在水平之上。談香港新詩是不能忽略的。我粗略瀏覽，與南京詩人佳構，足以平分春色，各擅勝場。但南京的，似乎親切的民間味道要重些，以致詩的語言也別具韻味。這是香港詩歌所薄弱的。但正如我在開首所說，兩個城市各有其獨特不能取代的歷史和文化，其呈現於尤其不僅僅是「在場」而為「存在」的詩人身上，尤其明顯。那是詩人不能迴避也不需迴避的情狀。這點於優秀的詩人而言，是獨一無二的優勢。對平凡的詩人來說，卻成了難以突破的局限。

高興看到繼深港之後，寧港詩壇有這麼一次百年難得的相遇。

土地和城市都屬於詩人，摒棄土地和城市的詩人，其詩無甚可觀。歷史和時代也屬於詩人，躲藏在歷史和時代陰溝裡的詩人，其詩同樣蹇蔽。太多的詩人至今仍陶醉於虛幻不實的文字迷局中，書寫其先自欺而後欺人的句子。可幸我們仍看到不少高尚的詩人，以其誠摯的生命，在大現實的逼迫之下，拒抗不降。或記生命瑣事，或抒家國情懷，而因其同樣直戮存在的困迫，便顯得靈魂的高尚。如今兩地詩章華采，有機會聚於一堂，同樣是生活語言的字詞和句，卻有與別不同的精神內蘊，一卷靜靜躺在書架上，記錄了不同歷史底下一場靈魂的盛大爭辯。

我彷彿聽到秦淮河畔歌舞的眩惑喧嚷，又彷彿看到維多利亞海港升起燄火萬千。那是一種真實，此刻徹頭徹尾的書寫了我心情的亢奮。

顛倒雙城
——《燈火隔河守望——深港詩選》[1]序

深圳有一個市井風很濃的小區，名叫巴丁區。

某年某個初夏夜，我離開晶都酒店，穿越旁邊一條燈火黝黯、樹影濃密的街道，走到對面的歲寶百貨去。歲寶猶如一個巨大的「百寶盒」，堆滿了形形色色的華洋貨品。空氣躁動而沸騰。踅了一匝，從東園路右拐便到了巴丁街。那不過九時許，光影刈剪不齊的街道上，理髮店以其警惕般的姿勢靜伏在兩旁，伺機吞噬著都市幽靈的身心。玻璃鏡後渴求慾念的眼神，較那些夜間馬路的燈火，更為空虛和幌動。夜晚的巴丁總令人感到危機四伏，如埋伏了雌雄獸類的叢林，非得小心翼翼的走著。我掉頭回去，在名典咖啡店要了一杯冰藍山，看一回敗絮街景，翻一下時尚雜誌，一個夜晚便磨

---

1 《燈火隔河守望——港深詩選》，萊耳、秀實編，2003.6.，香港阿湯圖書出版。

磨蹭蹭的逝去。

後來在《晶報》上讀到深圳詩人謝湘南的〈群居巴丁街〉。他說：「我，彭天朗（這間屋子暫時的主人）、安石榴、潘漠子、黑光，我們成了這所出租屋聚居的常客，時常還有來自我們國家的別處、來自全國的某大師或知名詩人客串進來………」便感覺巴丁區是有那麼的一種灰濛濛都市裡難見的一道彩虹。一堆詩人和畫家，出沒於巴丁，混雜著辛棄疾的憤慨與杜牧的情色，頗有一種南宋「偏安」的華麗凄美。然後，謝湘南說，「就像動畫片中高低錯落的伐木隊員，在感應燈一層一層的敞開中，走下樓去——我們並不知道黎明將至，屋外細雨濛濛。」黎明的巴丁區，應該是最安靜，如等待前的脈搏。

雨又下在巴丁區。又某年某個冬日我離開愛華路的賓館，往巴丁走。撐著傘在屋頂檐漏與中巴濺水間穿插，來到巴丁已是萬家燈火。巴丁區的食肆生意正火，市井人聲特別嘈雜。我選了江南菜館的一角坐下，邊吃著淮陽麵條邊看著往來的人。飽食後漫無目的在巴丁逛著，經過台灣花園走到深南大道的書城。無心尋書，瞬即又走回賓館。我想，若干年的我流連在巴丁，眼下光景無不大異其旨。晚上困在賓館的窗前看雨水中雜亂的城市樓房，有種說不出道不盡的滄桑和無奈。無論如何，巴丁夜雨，雨水淅瀝，叫人牽惹出許多的前半生和許多的後半生來。

如此，你們多少明瞭到我要主導編選這本《港深詩選》的因由吧。

深圳詩人部分，我找到了「詩生活網站」站長萊耳幫忙。萊耳是一位很好的詩人。她沉默平靜，不爭強好鬥，將詩視同起居，所以能有很好的詩作。因為創作到了某種層面，好壞的較量其實只是一種生存態度所致。她的詩寫的就是她的生存態度。今歲新春午間我在巴丁區某酒樓消磨時間，袋中電話乍響，原來是萊耳從「才飲長江水，又食武昌魚」的武昌打來。她和我談起詩選的事。若是若不是，似有似無，談了好一會，詩選的體制進一步落實。《燈火隔河守望》是我擬的書名。這些年間，無論晴雨，多次往返深港間，也參加了深港兩地不同的詩會。在璀璨或闌珊的燈火下橫跨深圳河兩岸，常有「顛倒雙城」的錯覺，叫中年失憶的我感到吃驚。

編港深詩選，於我而言，更有身分反思的問題存在。身分，似乎是香港作家，尤其是土生土長的作家，扭捏不安又不可逃避的傷口。就是一個詩人的身分應往何歸向？世界渺茫，中國不及，香港又不屑。哪將如何自處？人的思想其實只是一種對生存意義的安然解說。詩人會在自覺或不覺中流露這種解說。所以，成熟自足的思想會產生較好的作品來。對香港詩壇，說白點，我是有點陌生和惶恐不安了。我感到我的漸行漸遠。傷人是非的瀰漫，爭逐名利如不義的政治，喜鬥而偽善，常令我百思不得其解。詩壇有名嗎？名不足以流芳。詩壇有利嗎？利不足以致富。哪為甚麼許多詩人常會對一樁平常的文字小事恨得咬牙切齒，甚而在意識裡建立了如海般仇怨。詩人對世界無盡的憐惜和寬容的襟懷，都丟到哪裡去了。這不是可悲復可怖嗎！

深港詩選，希望彼此能相互輝映，如看到對岸的燦燦流火，在深圳河靜默的流淌中守望著。日子如煙似花，在巴丁遇上夜雨，在白石州遊園午歇，在美孚樓頭吹風，在杏花村看郵輪回航。存在主義大師海德格爾說，詩意使居住成為居住。一河兩岸，燈火守望，顛倒雙城中都有詩意的棲居。於是我夥同萊耳，編了《燈火隔河守望》。

談雙城及多城詩選

擇兩個或多個城市的詩歌作品結集成書，其意義不止於對詩歌文本有關內容與技法的相互比較和參照。更為有意義的是，藉這些詩歌所蘊含的內涵，讓我們看到兩個城市在不同的歷史負載與文明進程中所帶來的文化差異，包括城市人那種相同又相異的孤絕、迷茫與蒼白。

古松在〈從現代詩看法庭內外〉中說：「而這些作品，大多是以小說的形式出現，用新詩的形式很少。這是由於結構文體有異，簡短的新詩較難描述錯綜複雜的法律思維。」又說，「用新詩來探索法律有它的局限性，不過用新詩來表達法律思維，表達對法制的感性方面依然可以是多姿多采的，並且更容易引起讀者的共鳴。」[1]法律作為規範個人與團體之間的概念以至於成為堆纍繁瑣

---

[1] 〈從現代詩看法庭內外〉，見《法律與文學》，古松著，香港：兩岸三地作家協會，2011.7，P.59。

的條文，自是城市精神文明的產物。詩歌為文學的一種類別，但其所展示的深層內核與散文、小說自是有所不同。其不同點在於書寫者——這裡指詩人——的一種絕對自我的視點和相對隔絕的存在狀態。散文基本上是一種「考察」，對個體與對環境的考察紀錄。小說則是一種相類於鏡子的「映照」，它把單一事件或時代通過述說形式而反映出來，並力求保留一種比事實更為深刻的真實性。相對而言，詩歌則純粹是一種個人化的歷史書寫。而正正是這種個人化的書寫，包括象徵性symbol的語言，書寫的切入點與刪除及重組等過程，對文化的深層內蘊往往更具有一種驚人的發現性。

我參與主編過的，和粵地城市有關的雙城或多城詩選有三本[2]。即：

01　《燈火隔河守望——深港詩選》

（秀實／萊耳　主編，香港阿湯圖書，2003年。厚192頁。）

內容收錄——

香港詩人25家：葦鳴／廖偉棠／葛鴻雲／路雅／林浩光／崑南

[2] 我另外參與主編以下兩本雙城詩選。《無邊夜色——寧港詩選》，秀實、子川主編，香港紙藝軒出社，2011年。厚144頁。《風過松濤與麥浪——台港愛情詩精粹》，秀實、葉莎主編，臺北秀威出版社，2016年。厚186頁。

／鐘偉民／張詩劍／陳德錦／犁青／聶適之／傅天虹／劉芷韻／王敏／王良和／溫海／謝傲霜／陳昌敏／海戀／夏智定／井蛙／馬俐／紅葉／李華川／黃玉瓊

深圳詩人24家：王小妮／王順健／劍楓／查理／大草／劉虹／橋／摩絲／燕南飛／謝湘南／遠洋／幽骨／風生水起／馬永峰／小西／清心／芷冷／黃俊華／谷雪兒／黑光／潘漠子／茶酒共歡／萊耳／花間一壺酒

02　《大海在其南——潮港詩選》

（路雅／秀實／黃昏／丫丫　主編，香港紙藝軒出社，2013年。厚186頁。）

內容收錄——

香港詩人12家：阿民／蔡炎培／陳德錦／陳慧雯／陳琪丰／路雅／魏鵬展／小害／謝傲霜／秀實／哲一／芷諾

潮州詩人12家：陳思楷／黃昏／林偉煥／培浩／阮雪芳／傻正／世賓／向北／小衣／丫丫／也瘦／澤平

03 《珠港澳詩選》

（鍾建平／秀實／姚風　主編，香港新商報出社，2014年。厚508頁。）

內容收錄——

香港詩人24家：小害／也比／馬覺／風妞妞／江濤／阿民／岑文勁／李華川／陳昌敏／陳德錦／陳慧雯／角角／張詩劍／秀實／芷諾／周瀚／恆虹／浩銘／哲一／溫海／路雅／蔡麗雙／霍森棋／戴國東

珠海詩人40家：丁璿／鳳亦凡／鄧閃／王承東／王峻／盧衛平／艾茗／左瑞萍／劉亞諫／劉承偉／呂茹／李更／李長風／陳芳／陳九安／陳陣／陳劍文／張中定／步緣／杜志峰／陸飆／羅春柏／林小濤／周野／石昌坤／胡葦／胡的清／駱國京／鍾建平／珍妮／容浩／賈秀珍／唐曉虹／唐不遇／夏克軍／盛學文／唯阿／謝小靈／蔡新華／潘偉明

澳門詩人26家：川井深一／王和／太皮／毛燕斌／古吉／盧傑樺／馮傾城／呂志鵬／陸奧雷／宋子江／楊穎虹／楓靈／孟京／賀綾聲／思彥／姚風／趙陽／淩谷／袁紹珊／海芸／龔剛／雪堇／荒林／黃文輝／譚俊瑩／霜滿林

這三本詩歌選本我都分別寫了序文，詮釋了詩歌在城市和「城與城」間的一種人文意義。以城市為領頭羊的現代文明進程裡，探討詩歌在其中的依存狀態與潛在互動，實在是別具意義的。在《珠港澳詩選》序〈三城融合詩歌先行〉裡，我說：「商業帶來繁華，社會風氣卻有待文學和詩歌的引領……詩選的出版，既是三城的文學盛事，也同時是三城的福報。」、「標誌著珠三角的詩歌黃金板塊的壯大。」這樣的詩歌選本，其意義除了詩運的推動外，更有一種文化上的融合和提升。

不能否認的是，詩歌的書寫會出現一種離地性，即與任何現實存在沒有直接的關聯，而只是詩人一種精神思想的孤立呈現。據《城市的想像與呈現》[3]第三章「都市文學」裡的分析，城市生活方式有其獨特性，分別是：異質性，多樣性和開放性。而這正正是那些城市的「叛逆者」與「孤芳」們（詩人）的靈魂慣常依存的某些情狀。C.G.榮格說：「任何一部詩集都可比擬為一次精神病症狀。」[4]詩歌一般擱置了慣常事物的關聯，省略實際事由的描述，

---

[3] 見《城市的想像與呈現》，蔣述卓、王斌等著，北京：中國社會科學出版社，2003.6。第三章「都市文學」之第一節「城市與文學」之1「城市生活方式與文學」。

[4] 見「今天網站」jintian.net，《論詩人》，C.G.榮格，張棗譯。

而直戮事物的核心。這對「異質性，多樣性和開放性」自有更深層的發掘與展現。在《大海在其南——潮港詩選》序文〈以觀滄海〉中，我說：「無論潮州的古風與香港的現代，都有詩歌，都擁有一個如天壇的詩壇。在現實而冷漠的城市裡，讓失落了的心靈有著磨擦的溫度。藉著詩歌，詩人尋找到那種陌生了的細節，尋找到那種疏離了的存在。一卷詩歌，猶如一卷經文，有情有義的記錄了地域和時代的今昔。詩人的成長不同，遭逢各異，性情有殊，其詩歌的技法與心法自然各呈其貌，詩歌選集便是一本面譜，共同把生命的本質湊拼出來。」

前引《城市的想像與呈現》一書裡，有這樣的說法：「這些個性與特徵（按：指城市人的各種病態）在其他的環境下或是不明顯或根本不會存在，而在城市中它們都被城市這一獨特的環境加以放大，呈現出極其誇張的形態。在他們身上，人性的各個方面都趨於極端化，人性的複雜性、深刻性呈現的程度都是其他狀態下難以想像的。」最後作者總結說：「對人性複雜性的認識上，城市為文學提供了一個遠比鄉村深刻的物件，使文學在人性的探索上能夠達到其所可能達到的高度。」[5]詩人游走在城市裡，本身則有一種諷

5 同注[3]， P. 49-50。

刺的意味。其與城市的關係雖然相互依存，卻同時存在矛盾和對峙。在《燈火隔河守望——深港詩選》的序文〈顛倒雙城〉裡，記載了一群深圳詩人在無數個不寐夜，出沒在這個城市的「巴丁片區」裡。

> 一堆詩人和畫家，出沒於巴丁，混雜著辛棄疾的「憤慨」與杜牧的「情色」，頗有一種南宋偏安的華麗淒美。

深圳詩人謝湘南把城市詩人比喻為「伐木隊員」，與鋼筋水泥、玻璃牆幕的城市頗有一種格格不入的興味。敗絮街景之中，不同的城市均窩藏著一大群詩人，他們本身便是城市的一道異樣風物，而那些詩歌則是一種符號，為這個城市把脈診斷，並預言了未來。雙城或多城的一種混合的詩歌集，同時展現了城市的不同程度的內在面目。它們腐朽、乏味，只剩下那些不同地域而同時發亮的名字。當夜闌人靜、萬戶燈滅時，如星子照亮在漆黯夜空中。

（本文為十二月廣州暨南大學主辦的「跨界與融合：粵港澳文藝互動學術研討會」上的發言稿。）

【後記】
寫作十八日（代後記）

秀實

2016.6.28-7.15.共十八日的時間我到了臺灣。來臺灣的目的有三。（一）參加馬祖文化局舉辦的「詩人看馬祖」活動。（二）在臺北寶藏岩登小樓我有一個題為「第三者」的詩與攝影展。（三）寫作。我計畫在這段日子裡完成以下的習作：五首詩、一首散文詩（K系列的組詩）、一篇約七千字的小說，和詩歌評論集的後記，約千五字。此書交由臺北釀出版製作。夾雜著的閒暇，我會看書、校對、投稿，和進行一些社會活動，如與詩人見面、逛書店等。很明顯，這次遊歷一個島與蟄居於一座城，都以寫作為主軸。由是我想談談這段時間內個人寫作的情狀。

為了準備七月份在寶藏岩的展覽活動，我6.28.到了臺北，29與30兩天下午都在登小樓上工作。工作很是輕鬆。我展出的，文本是

just poem series的十五首詩，影像是以香港將軍澳為拍攝空間的作品十五幅。詩與影像如何搭配，我提出了「第三者」的理論。簡單來說，即文字與影像各以其獨特的媒介作出述說，而兩者間的互為指涉所產生的意義，與其作品自身的「元件」有關。當文字的河流與影像的河流同時出現，即這裡所謂的「對話」並無意義。第三者即是通過看似漠不相關的兩者，有所發現而尋找到「真相」。29日天陰，來去時天公造美，驟雨初歇。30日下午窩在登小樓，不穩定的天空終於下起大雨來。前身為眷村的小樓如今已破落，雨聲打在石階、鐵皮和塑膠板上，夾著樹木和葉子的聲音，窗子一角剪出灰黯的天色。我對樓主說，此刻小樓聽雨，不若其餘，必會有詩。當晚深宵（凌晨二時）便寫下〈登小樓聽臺北的雨〉一詩。詩三節十五行，竟意外有「文字與我均逐水而居，都是卑微的／幸而殘花敗柳也是盛世的色相」如斯佳句。這是我六月內唯一的詩作。雨是自然現象，許多詩人因雨而為詩，有所感觸，其實很多時是不自覺的借傳統之蛋殼「誕生」，並非真實。詩人對雨不必都有所感，還得看當時際遇、看當下心境。

7.1-5.去馬祖。乘搭雙螺旋槳飛機，型號是ATR600。對這台古老飛機，我很感興趣，卻也聯想到意外死亡的事。不過命之所至，心存僥倖。這不自覺已成了後來詩歌的種籽。馬祖的行程五天。參與的詩人得繳交三至五首詩作。第一天過去，完全沒有任何詩的瞄頭。同行的詩家已把詩貼在臉書上。翌日我們去了參觀一個詩畫展。那是在「民俗文化館」的「藝起飛揚」。展出了十餘位詩人書寫馬祖的詩篇。那些技法雷同的作品，令我想到現代詩裡「人與自然」的關係來。現代人接觸自然截然分為兩種情境，一是在機械化科技化的城市裡接觸自然。那時詩人的情懷會朝類似「環保」、「感恩」、「詫異」、「惜念」等傾斜。一是藉不同的名義離開城市回歸自然。這種情況與古人的最接近，那時詩人的情懷會朝類似「意境」、「物我相忘」、「傳統」、「讚歎」等傾斜。兩種自然的本質是不同的。前者往往是改造過的自然，後者卻是自然的原貌。詩人若欠自覺，則往往迷惑於虛假的感情，並在詩歌技法的包裝下，欺瞞自己，信以為真。

馬祖自然景物極為可觀，又具有歷史的沉澱，造成一個獨特的空間，而非僅僅一個旅遊景區。以往兩岸劍拔弩張，這裡是「前線」。如今的坑道、據點、炮臺、碉堡和遺下的武器，都足以說明當日的「戰時氣氛」。詩歌是語言，我來馬祖第二天，已把一些語言區分好惡。芒草與瓊麻是詩之良言，星沙與福澳是詩之惡語。普遍來說，這裡的房子取名都很好，宜於轉化，如海老屋、刺鳥、夫人、芹壁、依嬤等。另外這裡習慣稱地方為「境」，如西尾境、津沙境等，這是文化賜予詩人的語言厚禮。「境」所蘊含的空間頗宜詩意的棲居。敏銳的詩人自然不會錯過。

我得忠誠的說，我已失去了像古人那種對自然的懷抱，假若要我把這種情懷寫出，雖可辦而不為。寫詩如做人，必得有所為有所不為。既欠缺對馬祖人文與歷史的足夠認知，區區過客身影，實不應妄然下筆。蟄居馬祖的第三天深宵，忽爾我有了詩的衝動。寫什麼一直不是問題，當晚我決定了怎樣寫。我得按照兩個法則來進行創作，即「述事」與「語言」。我終於釐清了創作這首詩的狀況，是，述事比寫景更為真實，語言的轉化較語言的功能（形容和描述）更為適合。我確實感到這幾天的遊蹤之樂。於是我開始記下每一天的行蹤。如此每晚執筆，深宵始寐。詩以五行為一節。在馬祖的第六天，終於給這首六十行的〈遊馬祖國〉定稿。詩末並附上一段述說文字。詩第二節是這樣：

在島上巡視，車子在那個眺望大陸的銅像陰影下穿過
不必提起坑道內陳舊的酒甕，所有的勝利者都
會向藍天飛過的海鳥舉杯。一隻刺鳥卸下尖喙利爪
歇止在海隅，飄著和平時代的書卷味和
自由貿易而來的咖啡豆子香

7.6.馬祖回來，蟄居臺北公館。因為承諾參與微信群同題詩〈海〉的寫作。當晚我便專心構思起來。詩人詠物寫景，都不能止

於景物，必有所託，這是不容顛覆的詩法，也是詩歌語言之所在。否則物雖神似、景雖貌同，仍遜光影之作。我獨居十載，門庭寥落，已習慣無牽無掛的歲月，如枝頭之花，在遊人如鯽的道途上，自開自落。往日那些悔疚之味與執著之愚，已然成了我畢生揮之不去的陰霾。此所以這些年來，「灰」成為我詩歌的主色調。我寫下了〈黝暗的海〉，象徵我心裡一塊黝暗之地。我任由思想帶領，此詩竟然在末節出現珊瑚枝般的光彩。這是我寫作時料想不到的。而後來我才明白，那僅僅是一個卑微的祝願。此詩兩天後貼在「詩生活網．詩人專欄．空洞盒子」，點擊瞬間逾五百。成了兩年間點擊率最高的作品。讀者口味，詩人得置諸腦後。道理十分簡單，廟堂無庸因應信眾而設，如此前來膜拜的，方為正信。詩也是三節共十五行。這是末節：

> 那大片的黝暗仍在而我終於發現當中的
> 宿命。它埋藏著一些微弱的光芒如
> 月夜下發亮的珊瑚枝。我會創造神話
> 並泅向那片黝暗。那些珊瑚枝會
> 長高，在光裡運行終而灼灼其華

因為摒絕酬酢，閒置時間遂多。一般寫作，我習慣在深宵，有時情況失控，以致通宵不寐。不知何故，也可能是對浮名和薄利的貪戀，想到參加「馬祖文學獎」來。於焉我迴溯幾天旅程中值得書寫的事物。打開相機按時序逐一檢視影像。此時我得忠誠的面對自己，能令我念感而有所發現的，其實並不多。我深明詩歌的天敵是「平庸」，所以詩不能濫寫，因為濫寫必然粗製。我反復思索，只挑了瓊麻、海老屋、芹壁村三項，寫下了〈馬祖三題〉。因為忠誠，而我於語言有所感覺，所以作品還不差。寫作時因為思想相對強大，在寫「瓊麻」詠物詩時，竟也把這些想法寫進文字裡去。

換了另一種指向和義符。譬如黑夜
瓊麻的也會腿去它的顏色，那時它不屬於詩
你們會說：散文詩。又譬如漫天彩霞的黃昏
瓊麻的輪廓會突顯它的妖嬈，勾搭得像
微型小說般。而平庸是所有存在的敵方
我來馬祖，是渴望能與它並肩而戰

而我開始擔心短篇小說來，因為一直未構思到要寫的題材。7.8.寫〈馬祖三題〉，通宵不寐，清晨六時才入睡。晚睡帶來了完整的夢境。至午後一時下床。安頓了起居飲食，便把夢境記下，完成了一篇九百字的極短篇。題目〈小豬〉。這兩年，「小豬」成了我寫作上的一個象徵符號，那是我命裡餘下的財富和信仰。我用文字，歇力地保持她的不變質。其情況好比我在馬祖聆聽畫家郭明福談創作。他的畫作裡有「漂鳥系列」，每幅作品裡都隱藏了一隻「紙鶴」，其意是「沒有飛翔能力的鳥」。畫家在自序裡說，「年老力衰，已不夠資格當隻好漂鳥，卻仍然混跡於漂鳥群中，過著漂鳥夢，自已覺得心虛，卻又執著於理想，才用紙鶴象徵自己，藉此明志。」我在下榻的台大修齊會館三樓的書坊內，意外地看到他的畫冊《漂鳥筆記》（2007）。讀後心有同悲。

7.9.接出版社電郵，催交評論集的後記。評論集的後記我一直擱著不動筆，因為原來的書名出版社不同意，而我一直想不到有什麼更適宜的書名來。零落的校稿中，才忽然想到現在這個《止微室談詩》來。「止微室」是我為舊辦公室起的名稱，許多的稿件都在那裡構思，甚而完稿。「止微」是我的文學觀。主要有兩點。一是優秀的文本必經得起細微的分析，平庸浮泛的作品在細微的剖析之下，劣跡無所遁形。二是文字的力量必得通過細微的述說方能顯現。而這種細微的述說才有機會穿透世相而接近真相。粗疏的書寫只能提供一個假像來。在後記〈何以止微〉中，我憶述了工作上的點滴瑣事，也闡釋了止微的大義。至此全書終於定稿。

閒暇的生活令習慣變改，有時午間也寫作起來。耽擱日久對往事故人自然有了思念。我思想開始浮現了無序而碎片式的舊事故情。我下榻的修齊會館在臺北城公館。那裡是一個繁鬧之地，汀州路水源路一帶的食肆毗連成市，年輕學生穿梭其間，狹窄的馬路上川流不息的是腳踏車、摩托車與汽車。混跡其中，我常憶念起那段在臺灣大學的光景來。在這個空間，我的記憶混雜著生命裡各個不同的時空，凌亂無理，我得以思想來掙脫這種糾纏，以利於創作的進行。這種情況下，詩易有而小說難為，實乃必然。7.11.午後我有了〈公館記事〉一詩。詩裡同樣跳出一頭小豬來。

因此我容易感到衰老
思想卻如有牢固的欄杆
曾經被牢牢困住的那頭小豬
將不再柔軟，並終放養到彼岸

7.12.晚在反復修改〈公館記事〉時，我突然在新的word檔上打上「公館夜」三個字。並開始邊寫邊構思一個小說來。我寫出了第一節，主角命名「陳止」。陳止是一個畫家，來自中南部鄉村。因為創作上的挫敗，來了臺北城，住在公館。但小說情節如何鋪展，我現時仍沒想法。這段時間不可能寫完。我讓這個小說「積壓」著，日後成王成寇，得看情緣。

寫作到某一個階段，詩人（作家）應該孕育出自身的思想來，這包括對存在，對時間和空間的詮釋。詩人必得給自己一個答案，即在時空均有限度的存活中，他生存的意義何在，他的書寫意義又如何？生命必有終結，時間不能解密，但科技讓我們可以進一步打破空間的局限。此所以我認為詩人以一種「飄泊」的方式來存活，是適宜不過的。但飄泊必得犧牲某種現實的既有利益，當中包括倫理和道德的利益。7.13.晚我騎著腳踏車溜走在中正區和大安區。時間已經很晚，路過的商戶，燈火逐漸疏落，臺北城開始寧靜。濃濃的樹影與黯淡的路燈映照著我。我背包內的筆記本藏有我這十八日以來所有的文字紀錄。華麗的臺北府城東門落在我身後，我自中山南路踅入羅斯福路，燈火一路落滿紅磚地。我選擇轉進和平東路，垂簾閉戶，師大夜市已寂然，紫藤廬門掩著無盡夜色。然後我看到台大綜合體育館的圓頂，此時我已沿著新生南路而下。左手的校園樹影幢幢，紅磚樓偶有不滅的微弱燈火。瞬間公館已出現在前。這僅餘的一座城，與我，都得告一段落。

2016.7.14.晚10:45，於臺北公館修齊會館435房。

秀威經典　　新視野45　PG1844

畫龍逐鹿
——止微室談詩

作　　者／秀　實
責任編輯／辛秉學
圖文排版／莊皓云
封面設計／楊廣榕

出版策劃／秀威經典
發 行 人／宋政坤
法律顧問／毛國樑　律師
印製發行／秀威資訊科技股份有限公司
114台北市內湖區瑞光路76巷65號1樓
電話：+886-2-2796-3638　傳真：+886-2-2796-1377
http://www.showwe.com.tw
劃撥帳號／19563868　戶名：秀威資訊科技股份有限公司
讀者服務信箱：service@showwe.com.tw
展售門市／國家書店（松江門市）
104台北市中山區松江路209號1樓
電話：+886-2-2518-0207　傳真：+886-2-2518-0778
網路訂購／秀威網路書店：http://store.showwe.tw
國家網路書店：http://www.govbooks.com.tw

2017年12月　BOD一版
定價：200元

國家圖書館出版品預行編目

畫龍逐鹿：止微室談詩 / 秀實著. -- 一版. -- 臺
北市：秀威經典, 2017.12
面； 公分
BOD版
ISBN 978-986-94998-6-6(平裝)

1. 新詩 2. 詩評

820.9108 106015253

讀者回函卡

感謝您購買本書，為提升服務品質，請填妥以下資料，將讀者回函卡直接寄回或傳真本公司，收到您的寶貴意見後，我們會收藏記錄及檢討，謝謝！如您需要了解本公司最新出版書目、購書優惠或企劃活動，歡迎您上網查詢或下載相關資料：http:// www.showwe.com.tw

您購買的書名：______________________________

出生日期：________年________月________日

學歷：□高中（含）以下　□大專　□研究所（含）以上

職業：□製造業　□金融業　□資訊業　□軍警　□傳播業　□自由業
　　　□服務業　□公務員　□教職　□學生　□家管　□其它_____

購書地點：□網路書店　□實體書店　□書展　□郵購　□贈閱　□其他

您從何得知本書的消息？

□網路書店　□實體書店　□網路搜尋　□電子報　□書訊　□雜誌
□傳播媒體　□親友推薦　□網站推薦　□部落格　□其他__________

您對本書的評價：（請填代號　1.非常滿意　2.滿意　3.尚可　4.再改進）

封面設計____　版面編排____　內容____　文／譯筆____　價格____

讀完書後您覺得：

□很有收穫　□有收穫　□收穫不多　□沒收穫

對我們的建議：______________________________

____

____

____

請貼
郵票

11466
台北市內湖區瑞光路 76 巷 65 號 1 樓
秀威資訊科技股份有限公司 收
BOD 數位出版事業部

（請沿線對折寄回，謝謝！）

姓　　名：＿＿＿＿＿＿＿＿＿＿　年齡：＿＿＿＿　性別：□女　□男

郵遞區號：□□□□□

地　　址：＿＿＿＿＿＿＿＿＿＿＿＿＿＿＿＿＿＿＿＿＿＿＿＿

聯絡電話：(日) ＿＿＿＿＿＿＿＿＿＿＿＿ (夜) ＿＿＿＿＿＿＿＿＿＿＿＿

E-mail：＿＿＿＿＿＿＿＿＿＿＿＿＿＿＿＿＿＿＿＿＿＿＿＿